J.R.R. TOLKIEN

E A CRÍTICA À MODERNIDADE

J.R.R. TOLKIEN

E A CRÍTICA À MODERNIDADE

PAULO CRISTELLI

Grafia atualizada segundo o Acordo Ortográfico da Língua Portuguesa de 1990, que entrou em vigor no Brasil em 2009.

Publishers: Joana Monteleone/ Haroldo Ceravolo Sereza/ Roberto Cosso
Edição: Joana Monteleone
Editor assistente: Vitor Rodrigo Donofrio Arruda
Projeto gráfico, capa e diagramação: Rogério Cantelli
Revisão: João Paulo Putini

Este livro foi publicado com o apoio da Fapesp

CIP-BRASIL. CATALOGAÇÃO NA PUBLICAÇÃO
SINDICATO NACIONAL DOS EDITORES DE LIVROS, RJ

C949j

Cristelli, Paulo
J.R.R. Tolkien e a crítica à modernidade
Paulo Cristelli. - 1. ed.
São Paulo: Alameda, 2013.
224 p.

Inclui bibliografia
ISBN 978-85-7939-217-7

1. Tolkien, J. R. R. (John Ronald Reuel), 1892-1973. The Lord of the Rings. 2. Fantasia na literatura. 3. Estética. 4. Literatura americana - História e crítica. 5. Crítica. I. Título.

13-01833 CDD: 810.9
CDU: 821.111(73).09

ALAMEDA CASA EDITORIAL
Rua Conselheiro Ramalho, 694 – Bela Vista
CEP 01325-000 – São Paulo – SP
Tel. (11) 3012-2400
www.alamedaeditorial.com.br

Dedico este trabalho

À minha mãe

Ao meu filho

E ao meu amor

Sumário

Lista de Abreviações

IWM – Imperial War Museum (Museu Imperial da Guerra)

MoI – Ministry of Information (Ministério da Informação)

OSdA – O Senhor dos Anéis

RAF – Royal Air Force (Real Força Aérea)

WAAC – War Artist's Advisory Comittee (Comitê de Guerra Orientador de Artistas)

Prefácio

A presente publicação, de autoria do Professor Mestre Paulo Armando Cristelli Teixeira, é resultado de uma exaustiva, longa, competente e frutífera pesquisa. Iniciou-a no curso de Graduação em História, na Pontifícia Universidade Católica de São Paulo, onde foi meu aluno, com um sagaz e arrojado projeto de iniciação científica, pelo qual recebeu uma bolsa de estudos, tendo eu a alegria de conduzir suas reflexões iniciais.

Esta temática se desdobrou para o Curso de Estudos Pós-Graduados em História na mesma instituição, onde o pesquisador defendeu o seu mestrado, também sob minha orientação. Foi com imensa satisfação e muito orgulho que me coube a função de orientar seus passos com a evolução de sua pesquisa, e me deslumbrar com a forma séria, científica e metodológica com que Paulo Armando refletia as relações entre História e Literatura, áreas de estreitos laços. Estas duas áreas se entrelaçam em diversos momentos da experiência humana, como demonstra de forma prática e inteligente este resultado ora apresentado ao público leitor em geral, extramuros da Universidade. O universo acadêmico, dentre suas diversas funções, nos coloca diante de variadas atribulações, onde, às vezes, nos acumulamos de tarefas. Mas também nos concede este espaço momentos felizes, como este, o de fazer um prefácio para uma obra de relevante interesse não só à historiografia contemporânea, mas também para os estudiosos da temática, nacional ou internacionalmente.

Não é fácil a incumbência que agora assumo, pois sempre sentimos um certo receio de não correspondermos às expectativas destes ontem nossos alunos e hoje nossos colegas de profissão que, em muitos casos, superam os mestres, como é o caso de Paulo Armando, além da possibilidade de omitirmos informações substanciais a respeito da obra prefaciada.

O estudo apresentado centrou-se na análise das construções sociais e do imaginário presentes na Literatura, e refletidos nas competências do historiador, que se volta às representações ficcionais da obra literária como uma fonte do contexto cultural, social e histórico. Difícil estabelecer um método que perpasse as teorias das diferentes vertentes teóricas e filosóficas da História.

Se pensarmos a História e o papel do historiador ao utilizar a narrativa para produzir as mais diversas interpretações de um acontecimento, estabelecemos a recuperação dos cacos e dos ruídos polifônicos do passado, de modo a criar uma relação nem sempre apaixonante, mas extremamente necessária. O historiador, ao buscar outras áreas de conhecimento que o seduzam, dialoga com elas. Contudo, não abandona o elemento documental, mesmo ao se afastar momentaneamente da História, o que nos permite observar que há sempre, parafraseando Mircea Elíade, *um eterno retorno à História.*

Centrado na História Social, sem se descuidar dos recentes apontamentos da História Cultural, o autor discute e propõe uma metodologia de aproximação das duas áreas, interligando-as, dialogando com o autor da obra escolhida, J. R. R. Tolkien, evidenciando discursos, tensões e ressignificações presentes na literatura da obra *O Senhor dos Anéis*. O historiador aqui prefaciado encontrou um universo rico, de múltiplas interpretações, através de um fio condutor, que o levou às suas conclusões através de percalços como sustos, alegrias, sobressaltos e rupturas. Como pensa Certeau (1982), o historiador se instala na fronteira, onde à lei de uma inteligibilidade, encontra seu limite como aquilo que deve incessantemente ultrapassar.

As imagens buriladas com grande propriedade pelo autor no Arquivo Imperial do Museu de Londres, assim como a obra de Tolkien e as cartas escritas por ele trouxeram interpretações diversas, que permitiram resultados altamente significativos e satisfatórios, apresentados numa defesa pública e na obra agora disseminada em forma de livro. Eis aí o fechamento de um ciclo que, espero, volte à tona em novas indagações e pesquisas substanciais, em seu aguardado doutoramento, ou na forma de publicações de novas interpretações possíveis.

Esta obra trata de um estudo histórico que se encaixa no interdisciplinar, onde o olhar atento do pesquisador experiente cruzou as fontes e os registros em um diálogo com a historiografia e com a Literatura. Registrando homens na multiplicidade de suas tarefas cotidianas, na construção dos espaços e nas diversas temporalidades, valoriza as reminiscências nas marcas que a História deixou ao longo do seu processo, de forma didática, profunda e competente.

Parabenizo Paulo Armando pela arrojada obra, que foi totalmente revista e adaptada para esta publicação e, tenho certeza, entrará para o rol de títulos essenciais de estudos sobre História e Literatura.

Profa. Dra. Yvone Dias Avelino
Titular do Departamento de História – PUC-SP

CAPÍTULO I

TOLKIEN, SUA OBRA E SUA VIDA: UMA PEQUENA HISTÓRIA DA LEITURA

As palavras formam os fios com os quais tecemos nossas experiências.

Aldous Huxley

Ao iniciarmos o estudo sobre uma obra literária particular e sua relação com a história, logo nos deparamos com uma série de conceitos e dinâmicas que precisam de definições. Por conta da natureza deste trabalho, optamos por realizar algumas conceituações e apresentações preliminares neste primeiro capítulo.

Ao trabalhar com literatura e arte, o primeiro conceito que precisa de um apontamento é o de cultura. Para Raymond Williams, cultura deve ser entendida como "sistema de significações mediante o qual necessariamente uma dada ordem social é comunicada, reproduzida, vivenciada e estudada".[1] Por ordem social pode-se entender uma gama ampla de relações sociais, pelas quais se produz, ou se comunica, uma dada cultura. Portanto, cultura não é algo

1 WILLIAMS, Raymond. *Cultura*. São Paulo: Paz e Terra, 2008, p. 13.

pré-estabelecido, e sim valores e formas de representação comunicadas, ou compartilhadas, por um grupo. Ou seja, é um conceito vivo, que deve ser entendido como processo, e não como uma ideia pré-estabelecida a ser encontrada na perspectiva histórica em estudo. Esta premissa aparece em todos os conceitos do autor e norteia nossa investigação.

Nesta perspectiva, antes de problematizarmos a obra *O Senhor dos anéis* (doravante OSdA), devemos definir os conceitos e dinâmicas pelas quais iremos investigá-la, bem como seu autor e suas relações sociais. Para dar conta destas definições iniciais, dividimos o capítulo em duas partes: na primeira, investigamos as relações sociais do autor e a construção social da obra; na segunda, discutimos a questão das influências e posicionamentos do autor enquanto produtor de cultura.

A narrativa OSdA foi lançada em três volumes, com dois livros em cada um, totalizando seis livros na trilogia (lançados nos anos de 1954 e 1955). Cada livro cobre uma passagem específica da narrativa. A trama é narrada em primeira pessoa, pelo próprio autor, que não aparece no texto, ou seja, ele é oculto, onipresente e onisciente. Dentro da narrativa, o próprio autor insere personagens que agem como autores, ou seja, que registram toda a história acontecida em formato de livro e as leem para as gerações mais novas. Dentro da trama de OSdA, os personagens Bilbo, Frodo e Sam, todos hobitts, são os heróis da narrativa e, ao mesmo tempo, seus relatores, isto é, aqueles que deixaram escritos seus feitos, para serem conhecidos pela posteridade.

Tolkien ambienta sua narrativa em um mundo paralelo, alternativo, outro, mas, como tudo que é criado pela mente humana, este é, ao mesmo tempo, muito próximo, imbricado e amarrado ao mundo real do autor. O mundo fantástico ganhou o nome de Terra-Média.

Nesta terra fantástica, existem raças de seres que não transitam em nosso mundo, como elfos, hobbits, orcs, ents, entre outros. Além destes seres, a magia é um elemento presente e importante para a trama de todas as obras de Tolkien. Ao todo, ele completou três grandes obras em vida, e deixou outras inacabadas. As completadas são: *O Hobbit*, *O Senhor dos Anéis* e *Silmarilion*. Em *O Hobbit*, Bilbo, um hobbit do Condado (lar dos hobbits), se aventura com uma equipe em uma excursão, ao lado de Gandalf, para recuperar o tesouro dos anões, que fora roubado pelo dragão Smaug. Ao longo da narrativa, Bilbo encontra um anel que lhe dá o poder de ficar invisível. Após resgatar o tesouro e travar uma guerra contra orcs e wrags, Gandalf, Bilbo e os anões retornam para suas casas.

Bilbo fica com o anel da invisibilidade como recordação de sua jornada. Alguns anos depois, Gandalf retorna ao Condado, mas desta vez para conversar com Bilbo, e não para levá-lo a uma nova aventura. Gandalf descobriu que o anel encontrado por Bilbo naquele período era, na verdade, o Um Anel, simplesmente o anel mais poderoso de todo o mundo. Seu poder: o controle e total e absoluto, como nos conta a epígrafe da trilogia OSdA:

> *Três Anéis para os Reis-Elfos sob este céu,*
> *Sete para os Senhores-Anões em seus rochosos corredores,*
> *Nove para Homens Mortais, fadados ao eterno sono,*
> *Um para o Senhor do Escuro em seu escuro trono*
> *Na Terra de Mordor onde as Sombras se deitam*
> *Um Anel para a todos governar, Um Anel para encontrá-los,*
> *Um Anel para a todos trazer e na escuridão aprisioná-los*
> *Na Terra de Mordor onde as Sombras se deitam.*[2]

---

2 TOLKIEN, J. R. R. O *Senhor dos Anéis*, vol. I: A *Sociedade do Anel*. São Paulo: Martins Fontes, 1999.

Como podemos perceber, este anel é o poder em si. Ou melhor, a possibilidade de deter o maior do mundo. Por isso, ele tem um gigantesco e intrínseco poder de sedução. Todos querem o Um Anel para si. Em OSdA, existem alguns personagens principais, de diferentes raças, como os hobitts Bilbo, Frodo (sobrinho de Bilbo), Sam, Merry e Pippin. Junto com eles estão Aragorn e Boromir (humanos), Legolas (elfo), Gimli (anão) e Gandalf (o mago). Esses personagens se relacionam de forma muito conturbada e até contraditória, em determinados momentos, como iremos analisar ao longo deste livro.

Os personagens apresentados acima compõem o que chamamos de eixo do bem da narrativa, ou seja, aqueles que se aglutinam para salvarem o mundo das garras do mal. Este, por sua vez, é representado basicamente por Sauron, um ser maligno, que já causou outras guerras na Terra-Média por tentar dominá-la. A ele juntam-se diversos povos, interessados em barganhar um quinhão da pilhagem, caso ele vença. O principal povo que se uniu a ele, e que constitui seu exército, são os Orc´s, criaturas horríveis, de hábitos grotescos e que comem carne humana. Além destes, um mago muito poderoso se une a Sauron: seu nome é Saruman, e já foi considerado o mago mais poderoso da Terra-Média. Estes personagens apareceram por diversas vezes no decorrer deste estudo.

Além da obra literária, utilizamos como documento histórico nesta investigação as cartas do autor J. R. R. Tolkien,[3] pois elas revelam elementos que não estão claramente inseridos na obra, mas nas suas entrelinhas. Um ponto importante, levantado toda vez que uma carta é citada ou utilizada neste trabalho, é o receptor. Se atentarmos

3 CARPENTER, Humphrey. *The Letters of J.R.R. Tolkien*. Nova York: Houghton Milfin, 2000.

para quem o autor direciona sua carta, perceberemos que a forma da carta muda, seu teor pode até ser o mesmo, mas a forma de escrita, as palavras utilizadas e as opiniões expressadas mudam de acordo com quem vai receber a carta. Por este motivo, sempre indicaremos quem é o receptor da correspondência. Analisando as mais de cem cartas (entre o período de 1935 a 1955), percebemos que o receptor que provoca mais mudanças na forma de escrita e opiniões expressas é um dos filhos de Tolkien, Christopher.

As cartas escritas para Christopher são sempre mais reveladoras e impactantes, salvo algumas destinadas a fãs ou a editores. Mas as cartas mais importantes para este trabalho foram as escritas para esse filho, durante o período de 1941 a 1945, quando ele servia na RAF, na África do Sul, durante a Segunda Guerra Mundial. Este é também o período de maior produção da obra, que, depois, teve algumas modificações e edições, atingindo sua maturidade em meados de 1950.

Tolkien, Lewis, Oxford e o *Inklings*

John Ronald Reuel Tolkien nasceu no ano de 1892, em Bloemfontein, na África do Sul. Seu pai, Arthur Tolkien, era funcionário de uma empreitada do capitalismo financeiro inglês nesta região, o *Bank of Africa*. Em 1895, ele, sua mãe (Mabel Suffield) e seu irmão foram para a Inglaterra passar uma temporada e tratar dos problemas de saúde de Mabel. Porém, em 1896, o pai de Tolkien faleceu de febre reumática e, em vez de voltar para a África, a família permaneceu na Inglaterra, mais precisamente em Birmingham.[4]

Em 1904, a mãe falece em consequência de diabetes, em meio a uma crise financeira familiar. Por não poder trabalhar, Mabel sobrevivia da ajuda enviada pela família, que foi cortada quando ela se converteu ao catolicismo. Esse fato Tolkien sempre interpretou como um sacrifício da mãe pela fé. Ao falecer, ela e os filhos haviam sido acolhidos em uma pequena propriedade da Casa do Oratório, vinculada à Igreja Católica de Birmingham. A moradia fora conseguida pelo padre Frances Xavier Morgan, que cuidou dos irmãos até 1911, quando Tolkien foi para Oxford estudar.

Dez anos após o falecimento de sua mãe, em 1914, Tolkien encontrava-se casado com Edith Bratt, morando em Oxford, frequentando a universidade e vislumbrando uma carreira promissora. Mas esses projetos foram interrompidos pela Primeira Guerra Mundial. A princípio, Tolkien não queria de maneira nenhuma participar da guerra. Enquanto a esmagadora maioria dos alunos de Oxford haviam se alistado, ele permaneceu na vida acadêmica.

4 Nesta apresentação biográfica de Tolkien, utilizamos as obras: WHITE, Michael. *Tolkien: uma biografia*. Rio de Janeiro: Imago, 2002. KYRMSE, Ronald E. *Explicando Tolkien*. São Paulo: Martins Fontes, 2003.

Porém, no ano seguinte, em 1915, Tolkien iniciava o treinamento militar em Oxford, no Corpo de Treinamento e Formação de Oficiais, mas sem deixar seus estudos de lado. Investigando as cartas enviadas por Tolkien à sua esposa Edith, que residia em Warwick, podemos perceber a alegria dele por participar desses treinamentos e sua empolgação com os dias que viriam.[5] A empolgação e a ilusão da guerra romântica desmoronaram em 1916, quando ele foi enviado ao *front* de batalha na França. Mas é nesse momento que Tolkien vai iniciar sua mitologia, produzindo pequenas descrições de um mundo que não é aquele em que ele vive. Após seis meses de batalha no Somme (França), Tolkien foi atingido pela famosa "febre das trincheiras"[6] e foi transportado de volta à Inglaterra para ser tratado, onde permaneceu até 1918.

Com o fim da guerra, Tolkien completou seus estudos em Oxford, na área de Língua e Literatura Inglesa, ingressou na equipe formada para preparar o *New English Dictionary* e depois foi para o corpo docente da Oxford University. Em 1925, publica sua primeira obra: a tradução de um conto medieval inglês chamado *Sir Gawain & The Green Knight*. E em 21 de setembro de 1937, Tolkien publica sua primeira obra própria, O *Hobbit*, que atingiu altas tiragens e cujas vendas abriram caminho para a publicação de OSdA, 17 anos mais tarde. Em sua vida acadêmica, Tolkien sempre foi muito ligado a grupos e sociedades relacionados a temas que ele apreciava e pretendia discutir. Em todos os grupos de que participou, ou que fundou, a literatura era o tema central. Ainda nos anos de estudo em Birmingham, Tolkien fundou sua primeira sociedade a T. C. B. S. (Tea Club Barrowian Society), junto

5 CARPENTER, Humphrey. *Op. cit.*, p. 14 e 15.

6 Infecção bacteriana transmitida pelo piolho (*pediculus humanus*), normalmente sem gravidade, que provoca febre alta em ataques recorrentes e dor aguda nas pernas.

com três amigos; infelizmente o grupo se dissolveu na Primeira Guerra Mundial, em 1916, com a morte de dois dos nove membros do grupo.

Conforme iniciava sua vida no corpo docente de Oxford, Tolkien se aproximou de outro professor, o escritor e medievalista C. S. Lewis (que publicaria no período 1949-1954 a série de sete novelas do gênero fantasia *As crônicas de Nárnia*). Juntos, em meados de 1930, decidiram formar um grupo de discussão de literatura que servisse também como encontro de amigos para beber e ler suas obras inacabadas. Na verdade, Tolkien já frequentara outro grupo, chamado *The Coalbiters* (literalmente, "os comedores de carvão"), de idioma e leitura de islandês antigo, e havia convidado Lewis para integrá-lo. Mas foi em 1930 que os dois formaram o famoso grupo de Oxford conhecido como *Inklings*, que incluiria vários participantes do grupo de estudo dos *Eddas* islandeses. O nome utilizado pelo grupo não tem significado ao certo, mas sabe-se que foi herdado de um estudante de graduação de Oxford:

> Nenhum [Lewis ou Tolkien] sabia realmente por que usavam o nome Inklings, mas Tolkien e Lewis gostavam dele por causa da ambigüidade, do fato de que sugeria que os membros viviam às voltas com "grande idéias", e também combinava com acadêmicos e escritores, cujas vidas haviam sido construídas com grandes quantidades de tinta [*ink* em inglês].[7]

Mas, antes de entender a trajetória do grupo *Inklings*, a participação de Tolkien nele e sua influência para a obra OSdA, veremos a versão do próprio autor para sua origem e definição. Tolkien escreveu uma carta para o autor de biografias William Luther White, em 1967, quando este lhe perguntou sobre esse grupo e a participação de C. S. Lewis nele. White estava escrevendo a biografia de Lewis,

---

7 CARPENTER, Humphrey. *Op. cit.*, p. 139.

mas, naquela época, o único integrante original do grupo ainda vivo era Tolkien.

> Caro Sr. White,
>
> Posso fazer-lhe um breve relato do nome Inklings: de memória. Os Inklings não possuíam nenhum registrador e C. S. Lewis nenhum Boswell. O nome não foi inventado por C. S. L. (nem por mim). Originalmente, foi um gracejo de estudantes, planejado como o nome de um clube literário (ou de escritores). O fundador foi um estudante de graduação da Faculdade da Universidade, chamado Tangye-Lean – a data não me recordo: provavelmente na metade dos anos trinta. Creio que ele estava mais ciente do que a maioria dos estudantes de graduação da impermanência de seus clubes e modas, e tinha uma ambição de fundar um clube que se mostraria mais duradouro. De qualquer forma, ele pediu a alguns "dons" para tornarem-se membros.
>
> C. S. L. era uma escolha óbvia, e naquela época ele provavelmente era tutor de Tangye-Lean (C. S. L. era membro do corpo docente da Universidade). Na ocasião, tanto C. S. L. como eu nos tornamos membros. O clube reunia-se nos aposentos de T.-L. na sala dos professores da Universidade; o procedimento era de que a cada reunião os membros lessem em voz alta composições inéditas. Estas deveriam estar abertas à crítica imediata. Além disso, caso o clube achasse adequado, uma contribuição poderia ser votada para ver se seria digna de entrar em um Livro de Registros. (Eu era o escrevente e mantenedor do livro).
>
> Tangye-Lean provou estar certo. O clube logo morreu: o Livro de Registros tinha pouquíssimas entradas; mas pelo menos C. S. L. e eu sobrevivemos. O nome do clube foi então transferido (por C. S. L.) para o indeterminado e não-elegível círculo de amigos que se juntava ao redor de C. S. L. e se reunia em seus aposentos em Magdalen [College, da Univesidade de Oxford]. Embora nosso hábito fosse ler em voz alta composições de vários tipos (e tamanhos!), essa associação e seu hábito de fato seriam formados naquela época, tivesse o clube original de vida curta existido ou não. C. S. L. tinha paixão por ouvir histórias lidas em voz alta, um

> poder de memória para coisas recebidas dessa forma e também facilidade de improvisar críticas, atributos (especialmente o último) que não eram compartilhados em semelhante grau por nenhum de seus amigos.
>
> Qualifiquei o nome de "gracejo" porque ele era um trocadilho agradável e engenhoso a seu modo, sugerindo pessoas com noções e ideias vagas ou parcialmente formadas mais aquelas que se dedicam diletantemente à tinta [escrita]. Pode ter sido sugerido por C. S. L. a Tangye-Lean (caso ele tenha sido o tutor deste); mas nunca o ouvi afirmar que tinha inventado esse nome.[8]

A partir da leitura desta carta, podemos perceber alguns pontos importantes sobre o que era o grupo *Inklings* e qual foi seu significado, tanto para seus participantes quanto para o que se configurou mais tarde como um movimento da literatura inglesa. A princípio, é importante perceber que tudo se originou como um grupo de amigos que se reunia para conversar, beber e compartilhar produções literárias, algo que não era incomum nas universidades britânicas.

O estudo sobre a influência de grupos sobre a produção individual dos autores é trerreno novo na história. Este campo de estudos, que percebe os grupos como agentes sociais de transformação e produtores de cultura, foi largamente ampliado e modificado pelas teorias e pelos estudos de Raymond Williams. Quando este autor foi procurar compreender a importância e as dinâmicas internas do grupo *Bloomsbury* (do qual faziam parte Virginia Wolf e John Maynard Keynes, entre outros), deparou-se com um problema histórico quanto ao tratamento a ser dado aos grupos:

> O grupo, o movimento, o círculo, a tendência parecem ou muito marginais ou muito pequenos ou muito efêmeros para exigir uma análise histórica ou social. Entretanto, sua importância como um

8 CARPENTER, Humphrey. *Op. cit.*, p. 367.

> fato social e cultural geral, principalmente nos últimos dois séculos, é grande: naquilo que eles realizaram, e no que seus modos de realização podem nos dizer sobre as sociedades com as quais eles estabelecem relações, de certo modo, indefinidas, ambíguas.[9]

Esta forma de ver, compreender e perceber a importância de pequenos grupos não institucionais foi basilar para aprofundarmos nossa visão sobre o *Inklings*. Sem compreender a dinâmica do grupo e seu peso para a formação literária de cada um dos membros, perderemos a dimensão maior desse aglutinado de agentes sociais. Neste sentido, o principal foco de investigação, para Raymond Williams, e apropriado por nós, é compreender os motivos pelos quais aqueles seres sociais se organizaram em forma de grupo, não institucional, onde seus integrantes estão juntos por total vontade, ou seja, sem nenhum obrigação de estarem juntos. A amizade entre os membros foi o que originou o grupo, e é ela que mantém sua união e atividade. Ao investigar um grupo, o importante é percebermos se "algumas das ideias ou atividades compartilhadas entre eles foram elementos de sua amizade",[10] contribuindo assim para firmar laços afetivos que eram cercados, ou, até mesmo, baseados em ideias e visões de mundo compartilhadas.

Raymond Williams nota que, para o *Bloomsbury*, a Universidade de Cambridge foi tomada como espaço aglutinador, pois muitos de seus integrantes passaram por ou pertenciam a esta universidade. No caso do grupo *Inklings*, a universidade é Oxford, os três fundadores (J. R. R. Tolkien, C. S. Lewis e C. Williams) e maiores frequentadores eram de seu corpo docente, muito embora em nenhum momento eles

---

9 WILLIAMS, Raymond. "A fração Bloomsbury". *Plural*, revista do Curso de Pós-Graduação em Sociologia da USP, São Paulo, n. 6, 1° semestre de 1999, p. 140.

10 *Ibidem*, p. 141.

tenham atribuído à Oxford um poder aglutinador ou identitário. A formação do grupo sempre é colocada como algo proveniente única e exclusivamente na relação de amizade entre C. S. Lewis e J. R. R. Tolkien, que, após alguns meses, foi incorporando novos membros. Mas todos estes eram amigos dos dois integrantes iniciais do *Inklings*, ou, pelo menos, de C. S. Lewis. Esta é uma diferença fundamental e fundante, pois aqui se percebe que os fatores amizade, ou laços afetivos, e interesse por mitos nórdicos, são os aglutinadores, e não a origem ou instituição de cada membro.

Outra diferença fundamental percebida na comparação do *Inklings* com a análise de Raymond Williams sobre o *Bloomsbury* é a busca por definições. O autor percebe que uma das discussões perenes era a de procurar definir o grupo, suas diferenciações e suas características, ou as de seus integrantes. Esta busca ou este tipo de discussão não ocorre no *Inklings*. Como pudemos ver na carta de Tolkien de 1967 (p. 23 e 24), não existe preocupação por definição ou origem, evidenciada, inclusive, por certo descaso pelo sentido do nome do grupo, e esta reação se faz presente em diversas outras cartas que o mencionam. O que Tolkien mais destaca sobre o grupo é a alegria de encontrar os amigos, beber e, não menos importante, ter uma "plateia" para os textos produzidos.

Muito relevante para compreender a importância de um grupo é conseguirmos identificar o que era comum aos seus integrantes, enquanto entendimento de mundo compartilhado, e como este entendimento foi composto por valores comuns e posicionamentos em relação a dinâmicas sociais, culturais ou políticas. É exatamente na interseção destes valores compartilhados que emerge a estrutura de sentimentos, e nela podemos perceber o quão importantes eram os valores que permeavam as obras produzidas pelos integrantes do grupo. Obviamente, este processo não ocorre de forma homogênea, e nem todos expõem a mesma visão de mundo em suas literaturas, mas os valores que compartilham (responsáveis pela aglutinação do grupo) estão claramente delimitados em suas obras.

Para Raymond Williams, o grupo representa ideias de uma parcela, de um setor da sociedade. Ele será o representante de novas visões e valores que estariam emergindo na sociedade. Logo, o *Bloomsbury* teve sua importância, pois "foi percursor de uma mutação mais geral dentro do setor profissional mais educado, e até certo ponto, para a classe dirigente inglesa no sentido mais geral".[11]

Sendo assim, a contribuição de um grupo pode ser discutida em seu caráter cultural, intelectual ou artístico, sempre ressaltando o significado de mudanças e contribuições no contexto histórico no qual está inserido. Ou seja, do *Bloomsbury* emergiram agentes sociais que provocaram mudanças em seu mundo, seja na literatura, seja nas artes plásticas, na política ou na economia. Aqui cabe uma diferenciação importante: o grupo, *Inklings* só aceitava integrantes que: primeiro, fossem amigos de Lewis e Tolkien; segundo, que fossem homens (não se cogitava aceitar uma mulher no grupo); e, terceiro, que produzissem literatura, não importando suas funções ou cargos no mundo do trabalho. Esta diferenciação é importante, pois dá o tom do grupo, seu propósito, ainda que não mencionado pelos integrantes.

Um dos pontos mais interessantes da análise de Williams sobre o *Bloomsbury*, que serve de elemento para entender o *Inklings*, é o peso da amizade, dos laços afetivos existentes no grupo. Eles são o elemento em torno do qual se funda o grupo e, ao mesmo tempo, são seu lastro. Nesse sentido, devemos atentar para o fato de que, mesmo existindo valores compartilhados e visões de mundo semelhantes, são os laços

---

11 *Ibidem*, p. 159.

afetivos que manterão a união do grupo. Em 1960, Tolkien começa a se distanciar do grupo, pois sua amizade com C. S. Lewis estava esfriando, e fazia 15 anos que Charles Williams havia falecido (este foi um grande amigo de Tolkien, apresentado por Lewis e, como vimos, integrante do *Inklings*). Os laços afetivos haviam se perdido, não completamente, mas a ponto de tirar o sentido de encontros e discussões periódicas. Mesmo que os valores compartilhados continuassem os mesmos, o lastro desse compartilhamento havia deixado de ter o peso de antes.

Vale lembrar que a forma de organização despretensiosa do grupo, baseada em valores compartilhados e laços afetivos, não quer dizer que este se manifestava como posição única. Um grupo está mais para uma relação de diversos indivíduos, com posições e posicionamentos variados, unidos por valores mais abrangentes. Daí uma de suas características fundamentais ser a fluidez e, em muitos casos, sua efemeridade. A partir do momento em que alguns indivíduos de um grupo mudam suas posições ou resolvem seguir caminhos diversos, o grupo em si vai mudando. Ou seja, os elementos que o constituem podem variar constantemente, bem como o grupo todo pode acabar se seus indivíduos mudarem suas posições. O grupo, então, é uma aglutinação social que tem sentido em um quadro temporal específico; a partir do momento que esse sentido se perde, o grupo se fragmenta.

Um dos pontos fundamentais de um grupo, quando investigamos sua importância histórica ou a construção social de uma obra que provém dele, é percebermos sua ausência de institucionalidade. No caso *Inklings*, podemos perceber tal característica de várias formas e em vários momentos. Em uma carta de 1938 ao editor da *Allan & Unwin*, Stanley Unwin, Tolkien revela um projeto inicial que manteve o grupo unido:

> Originalmente tínhamos a intenção de que cada um escrevesse um "thriller" excurcionário: uma viagem espacial e uma viagem no tempo (minha), cada uma para descobrir o Mito. No entanto, a viagem espacial foi terminada, e a viagem no tempo, devido à minha lentidão e incerteza, permanece apenas um fragmento, como o senhor sabe.[12]

Caso o *Inklings* fosse vinculado a alguma instituição, ou fosse ele mesmo institucionalizado, provavelmente não teríamos maleabilidade quanto à produção. Ou seja, por não ter produzido o que foi combinado, Tolkien teria sofrido alguma punição ou algo semelhante. Mas, como se tratava de um "clube" de amigos (como o próprio Tolkien referiu nessa época), a obrigação ou a rigidez quanto a prazos não existe. Logo, a carta nos revela a forma como a produção do grupo é encarada: são amigos (laços afetivos) que se juntam para produzir por prazer suas visões de mundo (valores compartilhados), visões estas que não teriam espaço de leitura, segundo eles, fora daquele grupo.

Aqui podemos perceber, então, uma característica relativa à importância do grupo *Inklings*. Nas palavras de Tolkien, ele abre espaço para uma produção literária que não é valorizada ou não tem campo de discussão no meio acadêmico (de onde todos eles são provenientes) ou junto à crítica. Por isso o fato de todos eles serem escritores, que buscam espaço para suas obras ou estilos.

Para entender o laço afetivo que existia entre os frequentadores do grupo, atentemos para o modo como Tolkien escreveu uma carta para a viúva de Williams, quando este faleceu, em 15 de maio de 1945. O tom da carta é totalmente diferente do encontrado em outras cartas que investigamos. Tolkien sempre escreveu em tom muito sério e formal, a não ser para seu filho Christopher durante a Segunda

12 CARPENTER, Humphrey. *Op. cit.*, p. 34.

Guerra Mundial. Porém, nesta carta, podemos perceber uma nuance mais informal e sentimental:

> Meu coração se enluta com a senhora, e nada mais posso dizer. Compartilho um pouco de sua perda, pois, nos anos (muito breves) desde que eu o encontrei pela primeira vez, passei a admirar e amar seu marido profundamente, e estou sofrendo mais do que posso expressar.[13]

Percebemos, portanto, os laços afetivos que existiam entre os membros do grupo e como se dava a relação entre eles. O mesmo se vê numa carta de 1948, em que Tolkien traz uma breve definição do *Inklings*, quando se justifica e pede desculpas a C. S. Lewis por uma crítica pesada que havia construído sobre um texto dele:

> Mas lhe aviso que, se você me chatear, terei minha vingança. (É uma obrigação de Inkling ser chateado de bom grado. É um privilégio dele ser um chato quando necessário). Eu às vezes concebo e escrevo outras coisas além de versos ou romances! E posso voltar a você. Na verdade, se nosso amado e estimado médico vier nos propor problemas da terra como um dínamo, posso pensar em outros problemas mais intricados, ainda que mais insignificantes, para apresentar para consideração dele – mesmo que apenas para o deleite malicioso de ver Hugo (caso esteja presente), levemente esquentado com álcool, fazendo uma imitação do menino inteligente da classe. Mas que o Senhor salve a todos vocês! Não me vejo em qualquer necessidade de praticar a clemência com qualquer um de vocês – exceto nas ocasiões mais raras, quando eu mesmo estou cansado e exausto: então considero o simples barulho e a vulgaridade irritantes. Mas ainda não estou tão velho (nem tão refinado) que esse tenha se tornado um estado permanente. Desejo o barulho com bastante freqüência. Não conheço som mais agradável do que

---

13 *Ibidem*, p. 114.

> chegar no B. and B., ouvir uma risada estrondosa e saber que é possível se unir a ela.[14]

Antes de chegar à década de 1960, Tolkien já não suportaria o barulho e a bebedeira que mencionou na carta, afastando-se do *Inklings* e de Lewis, mas podemos perceber nesta carta que a relação entre eles é complexa e passional, de modo que uma crítica pode gerar discussões que extrapolam o grupo e seu espaço.

Muito embora se trate de um grupo, devemos reconhecer e perceber nele o peso de C. S. Lewis, que era quem chamava os participantes, organizava as reuniões e, vez por outra, trazia convidados para participar dos encontros. Tolkien relata diversos encontros com os convidados de Lewis em suas cartas e, inclusive, qualifica o sucesso dos convidados, como podemos ver nesta correspondência de 1952:

> Tivemos um "banquete de presunto" com C. S. Lewis na quinta-feira (um presunto americano do Dr. Firor da Universidade Johns Hopkins) e foi como um vislumbre dos velhos tempos: calmo e racional (já que Hugo não foi convidado!). C. S. L. convidou Wrenn[15] e foi um grande sucesso, visto que o agradou e ele foi muito agradável: um bom passo no caminho de afastá-lo da "política" (acadêmica).[16]

É interessante notar que, perto de 1960, Tolkien se afasta de Lewis e do grupo, entregando-se à sua produção e vida pessoal por inteiro. Mas, a partir de 1963 (com a morte de C. S. Lewis), ele se tornou o detentor dos conhecimentos da história do *Inklings* e frequentemente

---

14 *Ibidem*, p. 126-127. Menção a Hugo Dyson e também ao bar frequentado pelo grupo, cujo nome era The Eagle and Child, mas recebia dos membros o apelido de The Bird and Baby, B and B ou The Bird.

15 C. L. Wrenn fazia parte do grupo e sucedeu Tolkien como professor de Anglo-Saxão em Oxford; o Dr. Firor mencionado é o médico e professor de Cirurgia Warfield M. Firor (1897-1988), da Universidade Johns Hopkins, de Baltimore, Maryland, EUA.

16 CARPENTER, Humphrey. *Op. cit.*, p. 157.

era perguntado por fãs, jornalistas e outros interessados sobre a relação que teve com Lewis e C. Williams. A essa altura, ele já era um autor popular e recebia muitas cartas de fãs, que perguntavam sobre detalhes da trama ou dos personagens de OSdA, sobre sua vida pessoal, suas visões de mundo, entre outras coisas. Independentemente do assunto da carta, ele respondia à grande maioria delas.

Nas cartas escritas durante a década de 1960, percebemos que existe uma mudança de posicionamento com relação ao grupo. Tolkien responde a algumas cartas afirmando que não foi influenciado, em momento algum, pelos dois amigos e autores participantes. Inclusive, em uma carta de 1964, para a editora da Houghton Mifflin, ele diz:

> Sou um homem de afinidades limitadas (mas bem ciente disso), e [Charles] Williams encontra-se quase que completamente fora delas. Entrei em contato mais próximo com ele do final de 1939 até sua morte – na verdade fui um tipo de parteiro assistente no nascimento de *All Hallows Eve* ["Véspera de Todos os Santos"], lido em voz alta para nós conforme era composto, mas acredito que as mudanças realmente grandes feitas na obra deveram-se a C. S. L. – e gostava muito de sua companhia; mas nossas mentes permaneceram pólos separados. Eu não gostava ativamente de sua mitologia arthuriana-bizantina; e ainda acho que esta estragou a trilogia de C. S. L. (um homem muito impressionável, impressionável demais) na última parte.[17]

O curioso é perceber que, nos idos de 1940, época em que Tolkien mais produziu partes de sua obra OSdA e mais ativamente participou do *Inklings*, ele se referia constantemente, com orgulho exacerbado, às aprovações das leituras de sua obra pelo grupo. Mas, em determinado momento, essa relação mudou e o grupo não tinha tido peso em sua escrita. Esta estratégia retira a participação do grupo da construção

---

17 *Ibidem*, p. 331-332; o livro de WILLIAMS mencionado consta de 13 contos sobrenaturais.

social da obra, pelo menos para Tolkien, embora saibamos que isso não é possível, pois toda obra é fruto de relações sociais do autor.

Contrariando esta visão de Tolkien, que está claramente reescrevendo sua história neste momento, devemos reconhecer a importância do *Inklings* enquanto grupo de literatos que discutia suas produções em conjunto. Até 1950, três grandes autores estiveram presentes no grupo: Tolkien, Lewis e Williams. Os três produziram suas obras-primas no período. Charles Williams publica *All Hallows Eve* em 1945; C. S. Lewis publica o primeiro volume de sua série *As Crônicas de Nárnia* em 1949; e Tolkien publica o primeiro volume de OSdA em 1954, embora saibamos que esta obra já estava praticamente completa em 1950. Portanto, parece inegável o papel do grupo na construção destas obras (tanto pelas relações, tensões, discussões quanto pela tentativa de reconstrução das histórias apresentadas), dadas as leituras em voz alta, opiniões, críticas e aprovações expressas nos encontros. Toda esta dinâmica possibilitou que os autores criassem ficções, fantasias e mitologias atreladas a uma tradição moderna, do romance, da ambiguidade e da crítica social.

O jornalista inglês Nigel Reynolds escreveu uma nota no *Daily Telegraph*, em 1997, sobre uma lista dos 100 melhores títulos de literatura do século XX. A lista fora elaborada pelo próprio jornal, com base em uma pesquisa realizada com seus leitores, perguntando a eles qual era a obra que consideravam a melhor do século. O resultado foi que, no topo da lista, temos *O Senhor dos Anéis*, seguida por *1984* e *Revolução dos Bichos*, ambos de George Orwell. Para Nigel, este resultado

> sugere que o Inklings, um clube de bebida de Oxford na década de 1930, foi uma força mais poderosa que o grupo Bloomsbury, o Algonquin, estabelecido em Nova York, ou o estabelecido em Paris, de Hemingway, ou o grupo de escritores, da década de 1930, de W. H. Auden/Christopher Isherwood.[18]

---

18 WHITE, Michael. *Op. cit.*.

Contextos, Textos e Influências

Pesquisando sobre o contexto de vida de Tolkien, sua infância e formação escolar, deparamos com importantes conclusões do historiador inglês Asa Briggs.[19] Ao trabalhar com as expectativas e especulações criadas pela população europeia na virada do século XIX para o século XX, o autor indica um alargamento da visão de história neste período, pois, com a teoria da evolução de Darwin (1859) e os avanços nas áreas da geologia e paleontologia, a história humana passa de alguns milhares de anos para milhões de anos. As descobertas arqueológicas e paleontológicas do século XIX possibilitaram a construção da primeira tabela de tempo, que começava no período Paleozoico (540 milhões de anos antes da era atual). Ainda em 1842, Sir Richard Owen utilizou a palavra "dinossauro" pela primeira vez (advindo do grego "*deinos*" – terrível; "*saurus*" – réptil).

É importante atentarmos para a divulgação destas descobertas e produções de conhecimento acerca do passado. Na Inglaterra da segunda metade do século XIX, a circulação de jornais que traziam informações sobre descobertas científicas era assustadoramente grande, e existia uma população de leitores bem considerável, segundo Asa Briggs, tornando a difusão destas ideias acerca do "novo passado" bem ampla, penetrando no imaginário social. O autor nos mostra inclusive que, já no final do século XIX, os colégios, e principalmente as universidades, tinham de ter e respeitar em seus currículos disciplinas de paleontologia e história natural.

Tais mudanças em torno da história da humanidade abrem a possibilidade de novos caminhos no imaginário social, criando perspectivas diferentes sobre esses conceitos no início do século XX, que

---

19 BRIGGS, Asa. *Fins de Siècle*. Yale University Press, 1996.

problematizam a própria noção de tempo. Tolkien participava desse movimento de mudança, estudou em escolas renomadas na Inglaterra e construiu uma literatura que, de certa forma, está em sintonia com as mudanças de imaginário (em que a história humana extrapola o tempo conhecido até então).

O alargamento das concepções de tempo e história da humanidade já se haviam difundido largamente em 1936, quando Tolkien lançou seu primeiro livro, *O Hobbit*, ambientado no mesmo universo mítico de OSdA (a Terra-Média), o que nos propicia um melhor entendimento das escolhas do autor na concepção de suas obras. Em paralelo a este processo, temos ainda o surgimento do gênero literário ficção científica, que oferece elementos importantes para compreendermos o terreno fértil em que se encontrava esta primeira obra do autor. Apesar de serem gêneros distintos, a fantasia (ou ficção fantasiosa) e a ficção científica abarcam conceitos próximos. Raymond Williams[20] avalia o desenvolvimento da ficção científica como advindo das literaturas de utopia, mas com uma diferença essencial: o novo gênero traz a discussão para o nosso mundo, e muitas vezes para o nosso tempo, ou para um futuro próximo. Esta é a diferença essencial entre o novo gênero e as utopias, e é ela que marca a inauguração da ficção científica. O autor localiza esta diferença essencialmente na obra de William Morris,[21] que também escreveu literaturas míticas no século XIX, e do qual Tolkien era leitor e apreciador.[22]

Existe uma extensa discussão acerca das influências e leituras de Tolkien, que perpassa os movimentos literários do século XIX e XX.

---

20 WILLIAMS, Raymond. *Culture and materialism*. Londres: Verso Books, 2005.

21 A obra *News from nowhere*, de 1890, marca, para Raymond Williams, mudança essencial de foco, pois as narrativas de ficção científica nascem apontando para um futuro próximo e possível da humanidade.

22 SHIPPEY, Tom. *The road to Middle-Earth*. Londres: HarperCollins, 2005.

Faremos nesta parte do capítulo um panorama crítico das vertentes que mais colaboram para este trabalho. Ao analisar a literatura da segunda metade do século XIX, Raymond Williams separa três vertentes da literatura rural: romance regionalista, romance de sentimentos a respeito da natureza e, por último, uma linha de romances descritiva da vida rural, baseada em memórias e inspirada pela sensação de perda do passado.

> De fato, muitos dos problemas vão surgir porque sentimentos verdadeiros e falsos, idéias verdadeiras e falsas, visões históricas verdadeiras e falsas encontram-se um bem perto do outro, muitas vezes dentro da mesma obra.[23]

Williams resgata uma importante dinâmica interna dos georgianos, a chamada "volta à terra". Um movimento que buscava ser anti-industrialização e, como coloca o autor, muitas vezes reacionário, pois trazia uma imagem idealizada do rural, do bucólico, como passado perfeito, sem conflitos, em que a humanidade se realizava plenamente.

Buscando entender as concepções desses autores, Williams evidencia as origens das formulações sobre o campo com base na vida de seus produtores, muitos dos quais transportam para o campo suas esperanças de mudança na constituição de suas vidas sociais e culturais:

> Tais homens vieram para o campo: esta é a questão crítica. Seus nervos já estavam tensos, suas mentes já estavam formadas. (...) Contudo, trouxeram consigo das cidades, e das escolas e universidades, uma versão da história do campo que foi misturada, numa combinação extraordinária, com uma interpretação literária traduzida e remota.[24]

---

23 WILLIAMS, Raymond. *O campo e a cidade*. São Paulo: Companhia das Letras, 1989, p. 335.

24 *Ibidem*, p. 344-345.

O interessante de se notar é que, por mais que este movimento seja aproximado da produção literária de Tolkien, este não foi um homem da cidade que se mudou para o campo, mas apenas alguém que durante sua infância e juventude passou diversas épocas vivendo no campo. Na verdade, até se mudar para Oxford em 1911, sua vida foi uma alternância entre campo e cidade.

Um dos grandes expoentes do movimento dito regionalista, os georgianos, é Edward Thomas, uma influência declarada de Tolkien. Para Williams, este tipo de literatura tem uma gigantesca falha ao tentar homogeneizar o campo e as pessoas que nele vivem:

> O respeito pela observação autêntica é sobrepujado por uma fantasia subintelectual – um trabalhador transforma-se em um velho imaginário e, em seguida, numa figura onírica em que o trabalho rural e as revoltas rurais, as guerras estrangeiras e as guerras dinásticas intestinas, a história, a lenda e a literatura se misturam de modo indiscriminado, num gesto emocional único.[25]

Esta visão da natureza, que toma os homens, as culturas, as relações, as condições e as tensões do campo como naturais, parte de uma utopia de um natural intocado, criada pelos autores. Este processo de concepção foi aprofundado por Williams ao analisar Edward Thomas. O autor compara algumas anotações de Thomas, em seu caderno pessoal, contendo impressões sobre a natureza, com produções de poesias sobre o campo. Por exemplo:

> (...) Thomas anotou em seu caderno:
>
> O verde da grama nova de um tom lindo após uma chuva revigorante...
>
> Quando esta anotação é transformada em um poema, tal detalhe vem, por assim dizer, entre parênteses:

---

25 *Ibidem*, p. 347.

> Verde perfeito lavado mais uma vez.
> "A grama nova vai ser bela", disse o estranho,
> Um andarilho. Eu, porém, quedei-me imóvel,
> Inundado de desejo.[26]

Este mesmo exercício pode ser facilmente realizado com a obra de Tolkien. Por ter lido Edward Thomas e ter uma relação próxima com sua visão de campo, na qual este resolveria todos os problemas trazidos pela modernidade, Tolkien insere em sua obra uma visão de natureza que é compatível com a descrição feita por Williams. Em uma carta de 22 de agosto de 1944 para seu filho Christopher, Tolkien escreveu:

> Aqui estou mais uma vez no melhor fim de dia. O mais maravilhoso pôr do sol que vejo há anos: um distante mar azul-claro esverdeado logo acima do horizonte, e, acima dele, uma costa elevada de banco sobre banco de querubim flamejante de ouro e fogo, atravessada aqui e ali por manchas nevoentas como chuva púrpura. Ela pode anunciar algum regojizo celestial na manhã, uma vez que o espelho está se erguendo.[27]

Nesta carta, podemos perceber uma construção da natureza como bela, partindo da experiência do próprio autor. Já na obra, que estava sendo escrita enquanto ele escrevia esta carta, podemos perceber a seguinte passagem:

> Atrás deles, o sol que se punha enchia o frio céu do Oeste de ouro reluzente. À frente, se espalhava um lago escuro e parado. Nem o céu, nem o pôr-do-sol refletiam-se em sua superfície sombria.[28]

---

26 *Ibidem*, p. 350.

27 CARPENTER, Humphrey. *Op. cit.*, p. 95.

28 TOLKIEN, J. R. R. *Op. cit.*, p. 320.

O mesmo pôr do sol da carta é personagem deste momento na trama, como algo natural que reconforta por produzir extrema beleza. Em outra passagem, podemos perceber o que a ausência da beleza reconfortante produz com a moral e o psicológico dos personagens da trama:

> O solo ficou mais seco e estéril, mas havia névoa e vapor depositados sobre os pântanos atrás deles. Alguns pássaros melancólicos piavam choros, até que o sol redondo e vermelho se afundou lentamente nas sombras do oeste, depois dominou o silêncio vazio. Os hobbits pensaram na luz suave do pôr-do-sol brilhando através das janelas alegres lá longe, em Bolsão.[29]

Em outra carta ainda, para seu filho Christopher, de 28 de dezembro de 1944, Tolkien relata sua impressão da natureza novamente:

> O clima tem sido pra mim um dos principais eventos do Natal. Esfriou fortemente com uma neblina pesada, e assim tivemos amostras de Geada que, como tal, lembro-me de ocorrer apenas uma vez antes em Oxford (...) e apenas duas vezes antes na minha vida. Um dos eventos mais encantadores da Natureza Setentrional.
>
> Acordamos (tarde) no dia de S. Estevão para encontrar todas as janelas opacas, pintadas com contornos de geada, e no lado de fora um nevoento mundo silencioso e turvo, todo branco, mas com uma leve geada como que feita de jóias; cada teia de aranha, uma redinha de rendas, mesmo a velha barraca das galinhas, um pavilhão modelado como um diamante. (...) A geada ontem estava ainda mais espessa e fantástica. Quando um lampejo de sol passou por ela (por volta das 11), foi lindo a ponto de tirar o fôlego: árvores como fontes imóveis de brancas ramagens ramificadas contra uma luz dourada e, bem no alto, um azul claro translúcido. Ela não

29 *Ibidem*, p. 195.

> derreteu. Por volta das 11 da noite, a neblina se dissipou e uma alta lua redonda iluminou toda a cena com uma luz branca mortífera: uma visão de algum outro mundo ou época.[30]

A representação expressa na carta, de uma forma harmônica da natureza, quase transcendental, que vem de "algum outro mundo ou época", aparece na narrativa da mesma forma:

> Depois de andar cerca de três horas, pararam para descansar. A noite estava clara, fresca e estrelada, mas feixes de névoa semelhantes a fumaça estavam avançando, subindo as encostas das colinas, vindo das correntes de água e das várzeas profundas. Bétulas delgadas, que um leve vento balançava sobre suas cabeças, desenhavam uma rede negra contra o céu pálido.[31]

Podemos perceber que a representação da natureza é aqui, também, reconfortante, harmônica e bela. Características que aparecem na carta e que fazem parte da concepção de natureza do autor.

Aqui, comprovamos que existe a aproximação proposta por Williams entre a literatura dita regionalista, ou georgiana, de Edward Thomas e a produção literária de Tolkien, seja em razão de leitura, seja de influência ou contexto histórico. Em seu texto, Williams levanta um exemplo relativo à representação do homem do campo, "um trabalhador transforma-se em um velho imaginário e, em seguida, numa figura onírica",[32] como já citado. Lendo a obra OSdA,

---

30 CARPENTER, Humphrey. *Op. cit.*, p. 107.

31 TOLKIEN, J. R. R. *Op. cit.*, p. 73.

32 WILLIAMS, Raymond. *Op. cit.*, 1989, p. 337.

podemos até mesmo perceber este tipo de representação na figura do personagem Tom Bombadil:

> Então, outra voz limpa, jovem e velha como a Primavera, como a canção da água que flui alegre noite adentro, vinda de uma clara manhã nas colinas, veio descendo sobre eles como uma chuva de prata:
>
> Entoe-se agora a canção! Vamos juntos cantar
> O sol e a estrela, a lua e a neblina, a chuva e nuvem no ar,
> A luz sobre o botão, sobre a pluma o orvalho,
> O vento no campo aberto, a flor no arbusto vário,
> À sombra do lado o junco, nemfares sobre o Rio:
> A bela Filha das Águas e o velho Tom Bombadil.
>
> E com essa canção os hobbits pisaram na soleira da porta, e foram então cobertos por uma luz dourada.[33]

Aqui, fica clara a construção da imagem do personagem Tom Bombadil na narrativa, representando um homem do campo, que é, também, a natureza em si, ele faz parte dela e ela faz parte dele. Não existe conflito, não existe luta, tudo é extremamente harmônico, mesmo em um momento de aproximação da guerra, como este na narrativa.

A forma de representar o homem que vive no campo é muito próxima da representação construída por Edward Thomas, e amplamente explorada por Raymond Williams. Logo, o autor tem razão, em boa medida, ao alinhar Tolkien com este tipo de literatura do século XIX. Mas, além disso, queremos evidenciar que existem outras dinâmicas dentro da obra, mesmo com relação à visão de natureza, que nos revelam outras representações do momento histórico de Tolkien,

---

33 TOLKIEN, J. R. R. *Op. cit.*, p. 128.

ou a forma como ele entendia e representava a natureza. Por diversas vezes, deparamos com formas de representação da natureza que não se limitam ao belo, ou ao puro, ou ao resquício do passado intocado que se perdera. Vamos acompanhar a sequência abaixo, são três passagens de momentos totalmente distintos da narrativa, nos quais os personagens têm contato com outras formas de representação da natureza e são afetados por estas.

Tom Bombadil falando aos hobbits sobre a floresta que os cerca:

> Contou-lhes então muitas histórias notáveis, às vezes quase como se as estivesse contando para si mesmo, outras vezes olhando-os de repente com um brilho azul no olhar, debaixo das grossas sobrancelhas. Freqüentemente sua voz virava uma canção e ele se levantava da poltrona para dançar pela sala. Contou-lhes histórias de abelhas e flores, do jeito de ser das árvores e das estranhas criaturas da Floresta, sobre coisas más e coisas boas, coisas amigas e hostis, coisas cruéis e gentis, e sobre segredos escondidos sob os arbustos espinhosos.
>
> Conforme escutavam, os hobbits passaram a entender a vida da Floresta, separada deles; na realidade, até começaram a se sentir estranhos num lugar onde todos os outros elementos estavam em casa. Entrando e saindo da conversa, sempre estava o Velho Salgueiro-homem, e Frodo pôde aprender o suficiente para satisfazer sua curiosidade, na verdade mais que suficiente, pois o assunto não era fácil. As palavras de Tom desnudavam o coração e o pensamento

> das árvores, que sempre eram obscuros e estranhos, cheios de um ódio pelas coisas que circulam livres sobre a terra, roendo, mordendo, quebrando, cortando, queimando: destruidores e usurpadores. A Floresta Velha tinha esse nome não sem motivo, pois era realmente antiga, sobrevivente de florestas vastas já esquecidas; e nela ainda viviam, com a idade das próprias colinas, os pais dos pais das árvores, relembrando o tempo em que eram senhores.
>
> Os anos incontáveis tinham-nos enchido de orgulho e sabedoria arraigada, e também de malícia. Mas nenhum deles era mais perigoso que o Grande Salgueiro: este tinha o coração apodrecido, mas a força ainda era verde; era habilidoso, senhor dos ventos, e sua canção e pensamento corriam a floresta dos dois lados do rio. Seu sedento espírito cinza retirou da terra o poder, que se espalhou como raízes finas no solo, e invisíveis dedos-ramos no ar, chegando a dominar quase todas as árvores da Floresta, da Cerca até as Colinas.[34]

A comitiva segue pelas encostas das Montanhas Nebulosas:

> A Comitiva parou de repente, como se tivesse chegado a um acordo sem dizer qualquer palavra. Ouviram ruídos sinistros na escuridão que os envolvia. Podia ter sido apenas um truque do vento nas rachaduras e fendas da parede rochosa, mas o som

---

34 *Ibidem*, p. 136.

> era semelhante ao de gritos agudos e gargalhadas alucinadas. Pedras começaram a cair da encosta da montanha, zunindo sobre suas cabeças, ou batendo contra a trilha ao lado deles. De tempo em tempo, ouviam um rumor abafado, e uma enorme pedra descia rolando das alturas ocultas acima deles.
>
> — Não podemos continuar esta noite — disse Boromir. — Quem quiser chamar isto de vento que chame, mas há vozes fatais no ar, e essas pedras estão sendo arremessadas em nossa direção.[35]

Ainda tentando escapar das armadilhas das montanhas:

> — Então vamos partir logo que a luz apareça amanhã, se pudermos — disse Boromir. — O lobo que se escuta é pior que o orc que se teme.[36]

Nestas três passagens da obra, podemos perceber outra forma da natureza, representada de forma complexa, não inteiramente harmônica, mas sendo boa e má ao mesmo tempo. Uma representação da natureza aliada ao medo, totalmente vinculado ao desconhecido, e que produz efeitos psicológicos nos personagens. É uma natureza viva e complexa, que, em alguns momentos, ataca os personagens e é quase personificada.

Esta representação é mais complexa e menos definitiva do que a que vimos anteriormente. De fato, a natureza aqui, além de ser bela e intocada, ganha vida durante a narrativa, metafórica e literalmente. Existem personagens, os ents, que são árvores que falam, pensam e andam. A natureza não é um ser totalmente passivo na narrativa,

---

35 *Ibidem*, p. 307.

36 *Ibidem*, p. 317.

atuando por diversas vezes como protagonista de algumas ações. Portanto, podemos perceber que a relação do autor com a natureza não estaciona no belo e harmonioso, como acontecia com os georgianos, muito embora a representação feita por eles esteja lá também.

Em Tolkien, a natureza age também por motivos e meios próprios, que são, na maioria das vezes, totalmente desconhecidos pelas raças da Terra-Média. Logo, o elo entre Tolkien e a literatura dita regionalista existe, como procuramos provar, aliando as conclusões de Williams e as cartas e construções de Tolkien em OSdA. Porém, como o próprio Williams coloca, neste tipo de literatura existem pontos "negativos e positivos", o que a torna muito complexa e profunda, e são estes pontos positivos que estamos procurando evidenciar neste livro.

Para nós, na obra de Tolkien, os pontos positivos, em termos de crítica, são relacionados à visão e à captação dos processos de modernização e da modernidade inglesa. Consciente ou inconscientemente, Tolkien constrói sua crítica ao redor do mais emblemático "personagem" da modernização: a máquina. As máquinas de voar, de andar e de guerrear. O próprio autor não gostava de utilizar carro para se locomover, e sim uma bicicleta, tamanho era seu ódio por motores.[37] Pensar nas origens desta forma de representação nos leva a uma das principais influências, até mesmo declarada, de Tolkien: William Morris. Este foi um poeta e romancista inglês do século XIX, além de pintor e expoente do movimento socialista britânico. O próprio Tolkien atribuiu a ele boa parte de suas criações, em dois momentos diferentes e bem separados no tempo.

Carta de Tolkien de 1913 para Edith Bratt (sua noiva, que viria a se tornar sua esposa):

---

37 WHITE, Michael. *Op. cit.*

> Entre outros trabalhos, estou tentando transformar uma das histórias – que é realmente uma história muito grande e muitíssimo trágica – em um conto um pouco na linha dos romances de Morris com pedaços de poesia no meio. (...)
>
> Tenho de ir à biblioteca da faculdade agora e sujar-me entre livros empoeirados.[38]

Em 1920, Tolkien leu para o Clube de Ensaios da Faculdade Exeter um conto com inspirações mitológicas, chamado "Queda de Gondolin", sendo avaliado "como uma descoberta de um novo cenário mitológico", de cunho "extraordinariamente esclarecedor e evidenciou-o como um fiel seguidor da tradição, um tratamento sem dúvida à maneira de românticos típicos tais como William Morris".[39]

Já no último dia do ano de 1960, ao responder para um colega, professor L.W. Forster, Tolkien se posiciona em relação a suas influências:

> O Senhor dos Anéis na verdade foi iniciado, como algo separado, por volta de 1937 e alcançara a estalagem em Bri antes da sombra da Segunda Guerra. Pessoalmente, não acho que cada guerra (e obviamente que não a bomba atômica) teve qualquer influência tanto sobre o enredo como sobre o modo de seu desenvolvimento. Talvez na paisagem. Os Pântanos Mortos e as proximidades do Morannon devem algo ao norte da França depois da Batalha do Somme. Devem mais a William Morris e seus hunos e romanos, como em *The House of the Wolfings* ou *The Roots of the Mountains*.[40]

Por estas afirmações, fica evidente que William Morris foi uma leitura importante na vida de Tolkien. Mas quais as influências de Morris na obra mítica de Tolkien? Ou de quais representações contidas na obra de Morris Tolkien se apropriou? Para tentar

---

38 CARPENTER, Humphrey. *Op. cit.*, p. 13.

39 *Ibidem*, p. 222.

40 *Ibidem*, p. 289.

responder, devemos passar rapidamente pelas principais obras de William Morris. Sua primeira obra, de 1858, chama-se *The defence of Guinevere, and other poems* ("A defesa de Guinevere e outros poemas"). Durante anos traduziu obras da mitologia nórdica, como *The story of Sigurd the volsung and the fall of the nibelungs* (1876) ("A história de Sigurd, o volsungo, e A queda dos nibelungos"), e grande número de obras clássicas, como *Three northern love stories* (1875) ("Três histórias de amor nórdicas"), a *Eneida* de Virgílio (1875) e a *Odisseia* de Homero (1887).

Mas é em 1890 que ele publica uma de suas obras mais importantes e polêmicas, *News from nowhere* (publicada em português como *Notícias de lugar nenhum*), uma ficção utópica com grande influência do pensamento socialista. Uma narrativa que cria um cenário anterior ao capitalismo, sem propriedade privada nem sistema monetário. Muito embora Tolkien não se manifeste sobre esta obra em suas cartas, existe semelhança na ambientação, uma vez que a Terra-Média também está localizada em algum lugar do tempo pré-capitalista.

A autora Anna Vaninskaya[41] trabalha sobre a influência de Williams Morris nos escritos de Tolkien, resgatando que ele lia *The house of the wolfings* ("A casa dos Wolfings") para seu filho Christopher, quando este era criança. Informa ela, ainda, que Tolkien tinha também 11 livros de poemas, traduções e ficções de Morris, incluindo *The sundering flood* ("A divisão das águas") e *The roots of the mountain* ("As raízes das montanhas"). Estes dois exerceram influência declarada por Tolkien na carta de 1960 antes examinada.

Vaninskaya ainda trabalha em seu artigo outras influências ou relações da produção literária de Tolkien com autores de períodos

---

41 VANINSKAYA, Anna. "Tolkien: a man of his time?" In: WEINREICH, Frank. HONEGGER, Thomas. *Tolkien and Modernity*. vol. I. Londres: Walking Tree Publishers, 2006.

anteriores, como H. Rider Haggard e G. K. Chesterton. Mas a discussão de mais peso que a autora levanta é com relação ao rótulo aplicado às obras de Tolkien. Segundo ela:

> Ao invés de se repetir *ad nauseam*, mas sem nenhuma elaboração histórica, o fato banal de Tolkien se posicionar como um anti-industrial, por que não mostrar exatamente como as cartas, os ensaios e os trabalhos de ficção de Tolkien formaram parte da critica romântica da sociedade moderna industrial, que foi um tema tão importante na literatura inglesa dos séculos XIX e XX? Vociferações contra a máquina, industrialização, suburbanização e grandes estruturas impessoais do estado e das cidades, uma guinada ao passado, na maioria das vezes na forma de um medievalismo, adoração da natureza, pastoreia, baseada na Vida Simples, e a identificação destas características com uma verdadeira e imutável essência inglesa, tem uma longa e variada tradição: Carlyle, Ruskin, William Morris, Thomas Hardy, Edward Carpenter, C. R. Ashbee, e outros artistas pioneiros, os Georgeanos, G. K. Chesterton, Kenneth Grahame, E. Nesbit, E. M. Forster, D. H. Lawrence, Rudyard Kipling, G. M. Trevelyan, J. B. Pristley, George Orwell...[42]

42 *Ibidem*, p. 7. Instead of repeating *ad nauseam*, but without any kind of historical elaboration, the hackneyed fact of Tolkien's anti-industrialism, why not show exactly how Tolkien's letters, essays, and fictional works formed a part of the romantic critique of modern industrial society that was such an important strain in nineteenth and twentieth century English writing? Vociferations against the Machine, industrialism, suburbanization, and large impersonal structures both of state and capital, a corresponding turn towards the past, often in the form of medievalism, nature-worship, pastoralism, and the Simple Life, and the identification of these things with a true and unchanging 'Englishness', have a very long and varied pedigree: Carlyle, Ruskin, William Morris, Thomas Hardy, Edward Carpenter, C. R. Ashbee and other Arts and Crafts practitioners, the Georgians, G. K. Chesterton, Kenneth Grahame, E. Nesbit, E. M. Forster, D. H. Lawrence, Rudyard Kipling, G. M. Trevelyan, J. B. Priestley, George Orwell... *Tradução nossa*.

A argumentação da autora é contra o grande rótulo que foi aplicado à obra de Tolkien, desde a publicação de O *Hobbit*, em 1937, como obra acrítica, de puro entretenimento e de âmbito juvenil. O grande problema deste rótulo, construído pelo mercado editorial (inclusive por sua própria editora) e por seus críticos mais ferozes,[43] é que neste campo a crítica parece sumir. Os rótulos suprimem a possibilidade de alinhar a obra de Tolkien junto de tantas outras que utilizaram a literatura para mostrar um mundo onde não existia o capitalismo, a industrialização, a modernidade, por um lado e, por outro, estruturar futuros alternativos que evidenciassem as horríveis perspectivas decorrentes da continuidade das políticas econômicas contemporâneas.

Antes de prosseguir mais a fundo nesta discussão, precisamos tomar um desvio no caminho para conceituar o romance enquanto manifestação artístico-literária. Para tanto, utilizaremos as teorias do romance de Mikhail Bakhtin.[44] Segundo ele, romance e modernidade são duas faces do mesmo tempo, frutos do mesmo processo de mudanças políticas, sociais e econômicas. Porém, esta é a única identificação simples e direta encontrada quando investigamos a estrutura e a formação do romance.

O estudo do romance apresenta uma dificuldade de pronto: é o único gênero inacabado em nossa história. Ele ainda se constitui, pois nasceu com a nossa época, a modernidade e, como ela, continua a mudar constantemente. O romance introduz a problemática de trabalhar o tempo presente, inacabado, na literatura – por isso, ele em si não resolve nenhuma questão, não se pretende atemporal e, muito pelo contrário, traz os problemas de seu tempo à vista dos leitores. Ele

43 WHITE, Michael. *Op. cit.*

44 BAKHTIN, Mikhail. *Questões da literatura e da estética*. São Paulo: Hucitec, 2000.

representa a assimilação do tempo presente inacabado, que provoca todas as mudanças na área da literatura.

> O romance tornou-se o principal personagem do drama da evolução literária na era moderna, precisamente porque, melhor que todos, ele, que expressa as tendências evolutivas do novo, ele é, por isso, o único gênero nascido naquele mundo e em tudo semelhante a ele.[45]

Por muitos anos, tentou-se produzir uma crítica única do romance, identificar seu cânone interno, mas isso se mostrou impossível se não fosse produzida uma ressalva que anulasse a teoria por completo, o que demonstra seu estado inacabado, pois muda conforme o mundo muda, acompanhando suas mudanças. A única caracterização que podemos atribuir ao romance é que se trata de um gênero vivo. A tentativa de encaixá-lo em escolas ou correntes, para assim acabar com o conflito entre ele e os outros gêneros, ou estagná-lo em uma forma específica, também se mostrou ineficaz, pelos mesmos motivos.

O romance não pode ser simplesmente conceituado de forma única, sua forma é volátil e ambígua (características da modernidade, aliás); portanto, as únicas definições felizes do gênero são as que compreendem e valorizam isto, além de evidenciar suas lutas com outros gêneros. O romance deve ser para a modernidade o que a epopeia foi para o mundo antigo, uma vez que este último se tornou um gênero já muito envelhecido, que não fala mais de nosso mundo, mas foi a representação mais clara do tempo passado.

O personagem principal do romance não pode ser aquele herói dos gêneros antigos, pois deve conter traços positivos e negativos, ao mesmo tempo evidenciados na trama, e estas características são essenciais para o pleno desenvolvimento do enredo da narrativa

45 *Ibidem*, p. 400.

moderna. Além disso, o personagem do romance é, assim como o gênero, uma mudança constante, ele aprende com a vida, se modifica, transformando assim a trama da obra.

Elencamos estas características, com base nos escritos de Bakhtin, para estabelecermos um paralelo nesta parte do livro, e nos próximos capítulos, com a obra de Tolkien. O objetivo é perceber que OSdA é uma obra moderna, com personagens modernos e de um autor moderno. A partir do próximo capítulo, veremos mais passagens da obra que trazem este tipo de discussão. O importante aqui é mapear o que define uma obra moderna e entender como isso aparece na literatura foco deste estudo, para, assim, podermos compreender o real peso que têm as representações nela contidas. Voltemos agora à análise de Anna Vaninsskaya.

A grande discussão levantada pela autora é entender o que levou a obra de Tolkien a não ser posicionada ao lado das outras obras modernas de ficção e literatura de seu tempo, como as dos autores citados por ela na passagem. Responder esta pergunta não é intenção deste livro, mas este será um dos problemas que guiará boa parte de nossa investigação sobre a obra de Tolkien. É de suma importância ter claro o lugar que esta obra toma, ou é encaixada, na sociedade, para assim podemos compreender muitas das construções de OSdA, uma vez que esta é a segunda obra do autor (em ordem de publicação), e na primeira delas (O *Hobbit*) essa categorização de seu trabalho já fora criada. E, em diversas cartas, podemos perceber que existia uma vontade do autor de mudar este rótulo.[46]

---

46 Já em uma carta de 1938, endereçada ao editor Stanley Unwin, Tolkien afirma que seu novo romance não é infantil ou juvenil, e sim adulto, refletindo um pouco da escuridão dos tempos atuais. Em 1944, novamente em carta a Unwin, Tolkien afirma que seu novo romance se constituiu como obra para adultos. Em carta de 3 de março de 1955 a uma leitora que lhe escrevera, Tolkien responde: "Mas continua um prazer

Mas uma pergunta surge neste momento: será que Tolkien queria ter sido "encaixado" ao lado daqueles autores? Teria ele lido ou mesmo demonstrado gosto ou apreço pelas obras deles? Analisando as cartas de Tolkien, percebemos que a maioria das menções a outros autores diz respeito a C. S. Lewis, outros integrantes do *Inklings* ou a convidados do grupo. Porém, duas pistas nos chamam a atenção: a primeira, que já foi trabalhada anteriormente, é o gosto de Tolkien por Williams Morris, autor que tem obras de ficção futurista; e a segunda pista aparece em uma correspondência do final da década de 1960. Respondendo a uma carta dos jornalistas Charlotte e Denis Plimmer, que realizaram uma entrevista com Tolkien para o jornal *Daily Telegraph*, ele completa uma resposta dada na entrevista sobre suas leituras atuais, pontuando:

> [Em] "— Não leio muito agora, exceto contos de fadas." Ao invés de "exceto", leia-se "nem mesmo". Leio bastante – ou, mais exatamente, tento ler muitos livros (particularmente os assim chamados de "ficção científica" e de "fantasia"). Mas raramente encontro quaisquer livros modernos que prendam minha atenção*. Suponho que seja porque estou sob pressão "interna" para completar minha própria obra – e por causa da razão declarada [na entrevista]: "— Estou procurando por algo que não consigo encontrar".
>
> * Há exceções. Li tudo o que E. R. Eddison escreveu, apesar de sua má nomenclatura e de sua filosofia pessoal. Fiquei deveras impressionado pelo livro que foi (acredito) o segundo colocado quando O S. A. recebeu o Fantasy Award: *Death of Grass*. Aprecio a FC de Isaac Azimov. Além desses, recentemente fiquei profundamente entretido com os livros de Mary Renault; especialmente os dois sobre Teseu, *The King Must Die* [*O rei deve morrer*] e *The Bull from the*

---

inesgotável para mim ver minha própria crença justificada: a de que o 'conto de fadas' é realmente um gênero adulto e para o qual existe um público faminto" (CARPENTER, Humphrey. *Op. cit.*, p. 222).

> *Sea* [*O touro que veio do mar*]. De fato, alguns dias atrás recebi um cartão de apreço dela; possivelmente a parte da "correspondência de fã" que me dá mais prazer.[47]

No original em inglês lê-se "I enjoy the S.F. of Isaac Asimov", ou seja, abreviação para *Science Fiction*, Ficção Científica em português, representada pelas siglas FC na carta em português.

Portanto, vemos que Tolkien tinha gosto pelas literaturas ditas de ficção científica; ele mesmo afirma em uma de suas cartas que gostaria de escrever uma ficção futurista, projeto que tentou algumas vezes, mas sem sucesso. Sabemos que nem toda ficção científica pode ser tida como uma forma de crítica a seu tempo ou como uma vontade de representar a tecnologia de forma crítica, mas estamos chamando a atenção para as obras que tenham essas características e se utilizem das formas da ficção científica. Logo, alinhar Tolkien com um "movimento" dentro da ficção científica, que buscava especificamente a crítica de seu tempo pela representação da tecnologia, do poder e da máquina, não pode ser considerado de todo equivocado.

---

47 CARPENTER, Humphrey. *Op. cit.*, p. 357; Entrevista para a *Daily Telegraph Magazine*, publicada em 22 de março de 1968.

EM BUSCA DA VERDADE

Vejamos uma carta de Tolkien para seu filho Christopher, de 14 de maio de 1944, na qual expõe alguns problemas que ele sente na estrutura narrativa de sua obra e como poderá resolvê-los:

> Bem, meu querido, aqui começa novamente uma carta apropriada... Escrevi um tanto ontem, mas fui atrapalhado por duas coisas: a necessidade de limpar o gabinete (que se tornou o caos que sempre indica uma preocupação filológica ou literária) e de comparecer no trabalho; e problemas com a lua. Com isso quero dizer que descobri que minhas luas nos dias cruciais entre a fuga de Frodo e a situação atual (chegada em Minas Morghul) estavam fazendo coisas impossíveis, nascendo em uma parte do país e pondo-se simultaneamente em outra. Reescrever pedaços de capítulos anteriores levou a tarde toda![48]

Notamos que a preocupação do autor em fazer com que sua literatura transmitisse uma sensação de realidade, muito embora fosse uma ficção ambientada em outros tempos, dá um pouco o tom da expectativa do autor em relação à recepção de sua obra. Tolkien desejava que todos que lessem OSdA sentissem que aquilo é, ou foi, real (característica típica de um romance moderno). Este pode ser considerado um desejo de Tolkien, bem como de vários outros literatos modernos, mas o romance em si já nasce com tais características, como nos mostra Michel Foucault, ao analisar *Dom Quixote*.[49]

---

48 *Ibidem*, p. 82.

49 FOUCAULT, Michel. *As palavras e as coisas*. São Paulo: Martins Fontes, 2007. Foucault caracteriza a obra *Dom Quixote* como a primeira das obras modernas, por esta trabalhar com o poder representativo da linguagem, e não mais com a semelhança e a similitude, criando, assim, uma nova forma de relação da obra ficcional com a representação do mundo e de seus signos.

Captar esta preocupação do autor em relação a sua obra torna-se um ponto fundamental, um eixo, para compreender suas construções, intenções e representações na narrativa. Nos capítulos subsequentes deste estudo, devemos manter em mente esta intenção (de tornar sua obra real, aproximando-a ao máximo de seus leitores), principalmente ao analisarmos as representações de modernidade, tecnologia e poder construídas por Tolkien ao longo de toda a trama de OSdA.

A crítica literária Margaret Hiley,[50] especialista em Tolkien, C. S. Lewis e outros autores do grupo *Inklings*, trabalha de forma aprofundada com a obra de Tolkien, OSdA, e a encaixa no conceito de "estilo tardio" de Theodor Adorno e Edward Said. O objetivo da autora é provar que a obra revela os preceitos de literatura moderna destes teóricos, muito embora Tolkien nunca tenha sido encarado como autor de literatura moderna.

Retomando a questão da construção da obra, da intenção geral do autor relativa a seu trabalho, a autora pontua a vontade do autor, sua relação com a literatura, como um dos motivos que justificam o enquadramento de Tolkien como autor de uma literatura crítica modernista. Isso reforça nossa teoria de que Tolkien queria produzir uma narrativa que tivesse relação com o mundo real (preceito, aliás, estabelecido por Raymond Williams para as literaturas de ficção científica, desde Williams Morris, como já discutimos neste capítulo).

> Com todo o material extra, completando a história principal, O *Senhor dos Anéis* assemelha-se fortemente a uma edição de um trabalho acadêmico. E, na verdade, isso é exatamente o que a obra quer ser. (...) O *Senhor dos Anéis* também deseja "abandonar a ilusão da arte", ele se apresenta enquanto realidade; para tanto, o sujeito criativo elimina-se do trabalho. Isto significa que

50 HILEY, Margaret. "Tolkien and 'Late Style'". In: WEINREICH, Frank. HONEGGER, Thomas. *Tolkien and Modernity*, vol. II. Londres: Walking Tree Publishers, 2006.

> o desaparecimento do sujeito autor deixa para trás somente fragmentos, não uma narrativa completa.[51]

A autora evoca dois pontos importantes da obra de Tolkien que, para ela, revelam esta concepção e relação autor/obra. Primeiro, Tolkien insere várias páginas de apêndice em sua obra, nas quais dá pistas e explicações sobre os hobbits, outras raças da Terra-Média e acontecimentos. Tudo em forma de fragmentos, como se fossem documentos históricos que o autor utilizou para reconstruir um quebra-cabeça de algo que efetivamente existiu. Segundo, para efeitos narrativos, não é ele, Tolkien, que escreve a obra, e sim Bilbo, Frodo e Sam, que completam um livro de aventuras no qual registram toda a sua jornada e o desfecho dela – uma narrativa que, de alguma forma não revelada, chega às mãos de Tolkien.

Ou seja, todos estes elementos suprimem o autor da obra, tornando-o um "meio de passagem" para os acontecimentos. Tudo completado pela enorme quantidade de detalhes sobre locais, acontecimentos, personagens, entre outros, para criar uma atmosfera de realidade e uma relação de verossimilhança da obra para com o leitor. Fazer com que o leitor acredite que todos os acontecimentos de OSdA efetivamente aconteceram um dia é uma tarefa muito difícil, quase impossível, mas fazê-lo sentir que tudo pode ter acontecido é bem mais possível – e esta pode ter sido uma das intenções de Tolkien ao escrever sua obra, ou seja, tornar plausíveis os acontecimentos da trama literária.

---

51 *Ibidem*, p. 63. "With all the extra material encompassing the main story, The Lord of the Rings very strongly resembles an academic critical edition. And in fact this is exactly what the book pretends to be. (...)The Lord of the Rings also wishes to 'cast off the illusion of art', it poses as reality; in order to do so, the creative subject eliminates itself from the work. This means that the disappearing authorial subject can leave behind only fragments, no complete narrative" (tradução nossa).

Por fim, existe um momento, em 1944, em que Tolkien agrega mais um elemento à intenção de criar algo com sensação de real: a ideia de verdade. Escrevendo a seu filho Christopher, resumindo o projeto para os últimos acontecimentos de OSdA (muitos deles modificados posteriormente), ele nos dá a seguinte pista:

> Provavelmente, isso se desenvolverá de modo muito diferente desse plano quando realmente for escrito, visto que a coisa parece escrever a si própria assim que começo, como se então a Verdade surgisse, apenas imperfeitamente vislumbrada no esboço preliminar...[52]

Para compreender esta passagem, não podemos perder de vista o fato de que Tolkien era católico fervoroso e leitor de muitos escritos cristãos (religião e filosofia). Com estas informações, a noção de Verdade contida na passagem dá o tom final da obra, como algo que existe e apenas encontra, por meio dele, seu caminho para se concretizar. Estes elementos são importantes para analisarmos a construção e a concepção de verdade com que o autor trabalha, mas também para identificar como ela se dá na narrativa.

Esta concepção completa toda a trajetória que fizemos até aqui e será fundamental para a análise da obra que faremos nos próximos capítulos. Para se tornar verdade, a obra precisa parecer real, por isso todos os artifícios compostos. Mas resta ainda uma questão: o que está contido nesta verdade? Ou seja, o que o autor queria transmitir, ou acreditava que fluía através dele, como uma mensagem que deveria atingir o máximo de pessoas possível? Os próximos capítulos tentam dar conta de, se não responder, pelo menos problematizar quais eram as mensagens e que Verdade era esta, que devia ser dita, como uma alerta que vem dos céus para avisar de um perigo iminente.

---

52 CARPENTER, Humphrey. *Op. cit.*, p. 104-105.

Capítulo II

Faces da Modernidade

O discurso não é simplesmente aquilo que traduz as lutas ou os sistemas de dominação, mas aquilo por que, pelo que se luta, o poder do qual nos queremos apoderar.

Michel Foucault

Iniciamos esta parte com um grande problema nas mãos: como definir modernidade? Seria ela um momento na história? Um processo? Uma nova situação cultural, econômica e artística? Seria localizável no tempo? Teria a modernidade mudado a dinâmica social do Ocidente e do mundo? Muitas perguntas e poucas respostas definitivas. Assim é o estudo da modernidade, que, segundo Fredric Jameson, em si já é um processo histórico muito longo e complexo.[1] Se analisarmos a discussão acerca do conceito de "moderno", teremos uma pista desta complexidade.

> O conceito de "modernidade" é com tanta frequência associado à modernidade em geral, que sentimos algo como um choque

1 JAMENSON, Fredric. *Modernidade singular*. Rio de Janeiro: Civilização Brasileira, 2005.

> quando descobrimos que a palavra "moderno" já estava em uso desde o século V da era cristã. (...) a palavra latina *modernus* significa simplesmente "agora" ou "o tempo do agora", reproduzindo assim o grego, que não tem nenhum equivalente para *modernus* como tal.[2]

Trabalhar com efeitos e produções da modernidade não é tarefa simples. Como nos aponta o autor no trecho citado, porém, o conceito não pode ser deixado de lado. Ele exige uma pesquisa profunda acerca de seus usos e significados. Segundo o autor, não devemos partir de uma ideia ou conceito "pronto" de modernidade para estudar determinado contexto ou processo histórico contemporâneo; deve existir, antes de tudo, uma problematização do próprio entendimento de modernidade. Não foi por menos que o autor realizou uma busca detalhada por estas definições, remontando uma trajetória da teoria de Descartes a Deleuze (do início do moderno ao extremo da pós-modernidade). Ao longo desta incansável busca por uma definição de modernidade, o autor elenca quatro máximas, construídas e exemplificadas com base nos grandes teóricos da e sobre a modernidade, que criam um cenário possível de discussão sobre seus efeitos e usos. A saber:

> 1. É impossível não periodizar.
>
> 2. A modernidade não é um conceito, mas sim uma categoria narrativa.
>
> 3. O único meio de deixar de narrá-la é através da subjetividade (tese: a subjetividade é impossível de representar). Somente situações de modernidade podem ser narradas.

---

2 *Ibidem*, p. 27.

> 4. Nenhuma "teoria" da modernidade tem sentido hoje, se não for capaz de chegar a bons termos com a hipótese de uma ruptura pós-moderna com o moderno.[3]

Para chegar a estas máximas sobre a modernidade e seu estudo, o autor realizou também a separação de três esferas que são, na maioria das vezes, estudadas em conjunto, ou em decorrência, ou concomitantemente, mas que, na verdade, não o são: Modernidade, Modernização e Modernismo. Para Jameson, o conceito de modernização, por exemplo, é uma dimensão do conceito de modernidade (sem dúvida), mas uma cunhagem posterior à Segunda Guerra Mundial e muito atrelada à tecnologia, gerando uma sobrevida do discurso do progresso, e não puramente um passo natural das políticas da modernidade. Portanto, não podemos pensar que a modernidade contém, em si, as três esferas citadas. Um exemplo muito bem delineado pelo autor na obra é com relação ao modernismo (enquanto movimento artístico).

Ele nos lembra que, por mais que tenha sido Baudelaire a inaugurar, na tradição francesa, o conceito de *modernité*, o poeta nicaraguense Rubén Darío foi quem espalhou o termo "modernismo", ainda em 1888. Muito embora a Nicarágua não estivesse no mesmo estágio de desenvolvimento da França em termos de modernização da nação, já se podiam perceber os sinais de ruptura conceitual e artística naquele país. O autor nos lembra também que, por mais que a Inglaterra tenha vencido a França em Waterloo e se tornado uma nação muito mais modernizada, foram os artistas franceses que disseminaram os ideais modernistas, inclusive junto à intelectualidade inglesa.

---

3 *Ibidem*, p. 113.

Sobre esta mesma questão de processos e conceituações de modernidade, modernismo e modernização, o crítico Raymond Williams[4] nos traz algumas pontuações importantes. O autor procura evidenciar que os artistas considerados como modernos, ou iniciadores do modernismo, estão, na verdade, trabalhando em cima de uma base já constituída por uma geração anterior, do século XIX. Ele pontua que os movimentos artísticos que foram classificados como modernismos já são produtos de mercado, uma vez que a própria palavra "movimento", aplicada à arte, já denota um produto. Esses movimentos são, também, o primeiro sinal histórico das mudanças nas mídias sociais, nas formas de comunicação, agora atreladas às novas tecnologias.

Um conceito importante para a definição dos movimentos artísticos da modernidade é o estranhamento. É ele que faz eclodir as características deste movimento, que procura identificar e aglutinar aqueles que, ao redor do mundo, se sentem estranhos ao seu tempo. Para Williams, o estudo da modernidade deve se aproximar da sensação de estranhamento que era presente na época, assim como do distanciamento que se queria dos novos produtos dos processos da modernidade (principalmente as novas tecnologias ligadas ao trabalho, as mudanças arquitetônicas e as máquinas que invadiam o cotidiano). Não podemos investigar aquele momento com as visões introjetadas e as naturalizações que este processo engendrou em nós.

> Logo, se faz necessário explorar, em toda a sua complexidade de detalhes, as muitas variações presentes nesta fase decisiva da prática e teoria modernas. Mas é, também, tempo de explorá-las mantendo algo de seu próprio senso de estranhamento e distância, ao

---

4 WILLIAMS, Raymond. *Politics of modernism*. Nova York: Verso Books, 2009.

> invés de se partir do conforto e das formas já acomodadas internamente, de incorporação e naturalização deste processo.[5]

Esta preocupação de compreender a modernidade, seus processos e decorrências tentando se aproximar da sensação de estranhamento que suas novas políticas e mudanças culturais provocaram na dinâmica social do mundo norteia o estudo de diversos intelectuais, além do próprio Williams. Para tanto, devemos pensar todas estas esferas como separadas, e não como decorrências; a modernidade, o modernismo e a modernização compartilham lapsos de tempo bem próximos, mas não são decorrências ou passos naturais de um caminho único.

Jameson também trabalha com a ideia de diversos modernismos, sempre preocupado em quebrar a visão ou conceito de modernidade enquanto processo histórico único, passível de periodização abstrata e que avança em bloco por todos os países em determinado período. Um dos pontos altos da discussão promovida pelo autor é a pergunta: "Por que não admitimos simplesmente a modernidade como uma nova situação histórica; a modernização como o processo pelo qual se chega lá; e o modernismo como uma relação tanto com aquela situação quanto com o processo?".[6] Mas ele mesmo responde, tirando as parcas esperanças cativadas por esta aparente solução: "Infelizmente, é uma ideia nossa, não das diversas tradições nacionais".[7] Uma vez que todos os processos, discursos e práticas da modernidade estão

---

5 *Ibidem*, p. 47. "It is then necessary to explore, in all its complexity of detail, the many variations on this decisive phase of modern practice and theory. But it is also time to explore It with something of its own sense of strangeness and distance, rather than with the comfortable and now internally accommodated forms, of its incorporation and naturalization" (tradução nossa).

6 JAMESON, Fredric. *Op. cit.*, p. 117.

7 *Ibidem*, p. 117.

intimamente atrelados aos projetos de construções nacionais pela Europa afora.

Na modernidade, a tecnologia e a arquitetura fascinam pelas mudanças causadas na dinâmica social, as lâmpadas permitem uma expansão do dia e uma ocupação dos espaços públicos durante a noite. A nova arquitetura possibilita a circulação generalizada e maior número de pessoas ocupando um mesmo espaço público. As grandes avenidas seduzem pela imponência e pelo tamanho do espaço a ser ocupado. Mas, ao mesmo tempo, isso causa um estranhamento e uma sensação de falta de identidade. Esta ambiguidade está presente em tudo o que emana da modernidade, ela é sua constituição, de fato. Não é possível pensar em qualquer produção cultural moderna sem levar em conta o estranhamento e a sensação de diferença e distanciamento, como nos mostra Walter Benjamin:

> As pessoas tinham de se acomodar a uma circunstância nova e bastante estranha, característica da cidade grande. Simmel fixou essa questão acertadamente: "Quem vê sem ouvir fica muito mais inquieto do que quem ouve sem ver. Eis algo característico da sociologia da cidade grande. As relações recíprocas dos seres humanos nas cidades se distinguem por uma notória preponderância da atividade visual sobre a auditiva. Suas causas principais são os meios públicos de transporte. Antes do desenvolvimento dos ônibus, dos trens, dos bondes no século XIX, as pessoas não conheciam a situação de terem de se olhar reciprocamente por minutos, ou mesmo horas a fio, sem dirigir a palavra umas às outras".[8]

Estas novas dinâmicas, situações e relações nas quais as pessoas são forçadas a experimentar na modernidade fazem emergir novas sensações e novas perspectivas deste novo mundo, que se ergue rapidamente. A definição mais exata deste sentimento contraditório foi

---

8 BENJAMIN, Walter. *Obras escolhidas*, vol. III. São Paulo: Brasiliense, 1995, p. 36.

dada por Baudelaire, que, inclusive, serviu de base para quase todo o estudo de Benjamin sobre a modernidade. Disse ele: "A modernidade é o transitório, o fugidio, o contingente, a metade da arte, cuja outra metade é o eterno e o imutável".[9] Com esta definição, percebermos o grande jogo da modernidade: ao mesmo tempo que seduz, pelas mudanças e pela magnitude, ela provoca estranhamento, isolamento e sensação de não pertencimento, é o duplo que segue em conjunto, é a mudança constante.

Neste momento, já temos uma coisa certa: a discussão sobre modernidade é, no mínimo, conturbada e controversa. Sendo assim, se simplesmente jogarmos a toalha no debate pela compreensão e definição dos processos da modernidade, da modernização e dos modernismos, perderemos toda a dinâmica histórica que embasou, sustentou e até tornou possível a emergência desses processos. Desta forma, o conceito não teria a menor utilidade, pois estaria totalmente descolado de seus processos sociais e históricos. Logo, a proposta para uma compreensão melhor é trabalhar cada um destes processos em conformidade com as dinâmicas sociais, políticas e culturais locais, bem como em sua relação com as influências e os intercâmbios externos. Tarefa nada simples e com enormes possibilidades de erros de interpretação, mas, por isso mesmo, histórica.

Ao longo da obra, Jameson cita diversas formas possíveis de compreensão destes processos da modernidade, evidenciando que eles não seguem juntos, ou seja, a modernidade não necessariamente está atrelada à execução de políticas de modernização ou terá como fruto modernismos estéticos e filosóficos.

Um dos pontos certos quando se pretende realizar uma discussão sobre teoria da modernidade, segundo Jameson, é que ela precisa

---

9 BAUDELAIRE, Charles. *O pintor da vida moderna*. Belo Horizonte: Autêntica, 2010, p. 35.

afirmar, de alguma forma, "tanto a sua absoluta novidade como ruptura quanto, ao mesmo tempo, a sua integração em um contexto em relação ao qual pode ser postulada como rompendo".[10] Por isso, podemos perceber, na análise de Benjamin sobre Baudelaire (e o nascimento da modernidade), as evidências de rupturas com o romantismo, mas, ao mesmo tempo, certa apropriação ou ressignificação de alguns conceitos românticos e, até mesmo, clássicos, misturados às novas interpretações e concepções artísticas.[11]

Esta concepção de modenidade atrelada à ruptura constante proposta por Jameson é, como podemos perceber pela citação feita, muito ligada teórica e metodologicamente aos conceitos de residual e emergente de Raymond Williams. Para ele, a dinâmica que se desenvolve entre o que é residual ("obra realizada em sociedades e épocas antigas e frequentemente diferentes e, contudo, ainda acessível e significativa"[12]) e o que é emergente (obras de tipos novos variados[13]) revela muito mais sobre uma determinada cultura, ou movimento artístico-cultural, do que a análise de elementos isolados em si. E é exatamente isso que Jameson se propõe a realizar ao investigar a modernidade e suas diferentes conceituações, construções e efeitos.

Para Jameson, o artista moderno é um artista sem modelo, ele busca apenas construir algo novo, pois a antiga visão que a arte produzia sobre o mundo não mais basta, pois o mundo não se mostra mais como antes. Assim como o fotógrafo russo do início do século XX, Alexander Rodchenko, remodelou o olhar fotográfico para captar esse novo mundo que se erguia diante dos olhos do Ocidente, os literatos,

---

10 JAMESON, Frederic. *Op. cit.*, p. 71.

11 BENJAMIN, Walter. *Obras escolhidas*, vol. II. São Paulo: Brasiliense, 1999.

12 JAMESON, Frederic. *Op. cit.*, p. 202.

13 *Ibidem*.

pintores, escultores, dramaturgos e filósofos do final do XIX e início do XX buscaram formas diferentes, novas, de exprimir a vida, pois esta vida em si havia mudado com a modernidade. Neste momento, estes artistas podem ser considerados instituintes e não, ainda, instituídos (utilizando-se, novamente, as construções de Williams). A próxima geração de modernistas (caracterizados como modernismo tardio pelo autor) terá algumas diferenças com relação a esta primeira geração instituinte de modernistas, exatamente pelo fato de que a segunda se torna, na maioria dos casos, instituída, ganhando caráter de movimento, assim como Williams (2009) teorizou. Um dos pontos de maior diferença assinalados por Jameson é que o autor modernista escreve para si, e não para um público específico (mesmo que ideal ou utópico), como no caso do modernismo tardio, quando já exista um público formado para receber estas obras e, inclusive, exista certo padrão de expectativa em relação a uma obra modernista, dinâmica inexistente no modernismo instituinte. Outra diferenciação clara é que o autor modernista não é autor profissional, frequentemente tem outra atividade profissional, enquanto no modernismo tardio existe uma ampla gama de autores profissionais. Aliás, é nesse momento da história que "ser autor" se torna uma profissão.

Como já discutimos, a modernidade, os modernismos e a modernização são parte integrante dos projetos nacionais, auxiliando historicamente em suas constituições, reforçando suas características ao longo da história (com a utilização dos aparatos burocráticos) e realizando a manutenção de seu *status*. Ou seja, a modernidade é um projeto político que nasce junto com as práticas e os discursos do projeto nacional. Por isso, é importante, para uma ampla discussão sobre a modernidade, atentar para um de seus personagens fundamentais (e fundantes, na maioria dos casos): a máquina. Ela é, na verdade, a representação do processo de desenvolvimento técnico-científico vinculado ao capitalismo industrial. Entendendo-a desta forma, não podemos negar sua participação e influência neste contexto, influência esta atrelada, principalmente, à questão do novo. Jameson se apropria da teoria da modernidade de Heidegger para evidenciar que esta constrói uma representação em que a tecnologia (assim como a própria modernidade) é marcada pelo novo, por aquilo que substitui a tradição, que toma o lugar do antigo, se tornará antigo e cederá lugar ao novo, um ciclo sem fim, que leva sempre a algo mais desenvolvido (pelo menos, este é o discurso veiculado por seus produtores). Esta representação se espalha pelas artes, ciências e por diversas outras esferas da vida moderna, criando a expectativa de que algo novo surja, a todo o momento, não só nas áreas técnicas (ligadas diretamente à tecnologia), mas também nas humanidades (na arte, na literatura, na filosofia etc.). Esta "perseguição do novo" é fato na modernidade; por isso, a ruptura é inseparável de um entendimento consistente da modernidade.

Esta caracterização nos leva para uma vontade e prática novas, tipicamente "modernas": a autonomização. A tecnologia, segundo Jameson, pretende-se autônoma no contexto da modernidade, por isso, inclusive, a dificuldade de entendê-las como atreladas ao processo como um todo. Este processo também vai agir na linguagem e na representação, gerando vontades de autonomização nas artes, tornando-o um processo de extrema importância para o estudo de qualquer modernismo artístico:

> Precisamos por isso evocar também a autonomia da própria tecnologia – ou, pelo menos, a sua semi-autonomia – que sustenta essa ilusão particular. A base dessa autonomia irá variar na história, à medida que a "ciência" (aqui em seu sentimento disciplinar usual) começa a viver sob a forma de ciência aplicada, subordinada às

> novas tecnologias, e depois ganha a sua própria autonomia provisória, como ciência "pura" ou de pesquisa.[14]

Entendida desta forma, a utilização e a apropriação do modernismo tecnológico (representado pela máquina) adquire outra conotação, mais profunda, retirando-a da posição de simples coadjuvante no processo e elevando-a ao corpo de atores principais. Para Jameson, a tecnologia é fundamental no processo da modernidade, é por meio dela que se torna possível a criação virtual de uma "moderna" vida cotidiana,[15] sendo esta nova vida (com o rádio, o carro e a luz elétrica) que faz com que nações inteiras se esforcem para se tornarem modernas, mesmo que isso signifique aceitar a invasão de seu país pelos nazistas, por exemplo. Logo, a tecnologia exerce um papel importante na cultura da modernidade. O historiador britânico Asa Briggs, ao trabalhar com aspirações, desejos e previsões das transições de século na Inglaterra, constata que, na virada do século XIX para o século XX, todas as visões de futuro envolviam intensa atividade tecnológica.[16] Jameson lembra que, neste contexto de evocação da tecnologia, provido pelas políticas da modernidade e da modernização, existem as vozes dos antimodernistas e antitecnológicos, parte integrante e importante do processo; inclusive, a dinâmica do "anti" pode ser percebida na arte e na ciência, por exemplo, na separação entre arte e *mass media* (esta última, inegavelmente atrelada à tecnologia).

---

14 *Ibidem*, p. 172.

15 Jameson enumera diversos elementos da nova dinâmica social moderna, como o rádio, o avião, as estradas, entre outros, como itens que fazem parte de um mesmo plano, onde a maquinaria moderna serve de convencimento da modernidade, construindo uma aparente sensação de desenvolvimento igualitário. Este "desenvolvimento" serve de propaganda, interna e externa, para mostrar como um país é mais moderno ou desenvolvido do que outro, criando uma espécie de "propaganda do progresso".

16 BRIGGS, Asa. *Fins de Siècle*. Yale University Press, 1996.

> A experiência fenomenológica a se registrar aqui é precisamente a do enclave tecnológico ou industrial. A nova maquinaria tecnológica traz consigo o seu próprio choque estético, no modo como irrompe sem aviso na velha paisagem feudal e pastoral: ela provoca toda a terrível estranheza e temor de quando surgiram os primeiros tanques na frente ocidental, em 1916. Mesmo assim, as tentativas poéticas de transformá-la em mito – nos romances de Zola, por exemplo, onde a mina é um animal imenso, com seus próprios poderes míticos, ou na ofuscante celebração, por Apollinaire, das bombas tóxicas e letais da Primeira Guerra Mundial – há muito não mais constituem modelos a serem produtivamente seguidos pelos artistas (embora tais modelos permaneçam ativos até meados dos anos 1930 nas celebrações das fábricas por americanos e soviéticos).[17]

Como podemos perceber, a tecnologia representa um papel importante nas políticas da modernidade, não só a tecnologia em si, mas também a representação dela, ou seja, as formas pelas quais se cria uma representação da máquina para propagandear a modernidade. Esta esfera da modernidade (tecnológica) é tão importante que um grupo de artistas foi criado, na Inglaterra da Segunda Guerra Mundial, para, entre outras atribuições, representar o maquinário de guerra inglês. O WAAC (War Artist's Advisory Comittee – Comitê Orientador de Artistas de Guerra) foi criado como parte integrante do Ministério da Informação (MoI) em 1939, com o objetivo de produzir uma história documental e artística da Grã-Bretanha no conflito mundial, ou seja, era um corpo de registro da guerra e da participação britânica nela. Este comitê criou o discurso do registro, porém, ao invés de se utilizar da mais avançada máquina (na época) para registros, a fotografia, optou por incentivar a pintura, produzida no calor do momento. Dentre as diversas "linhas de interesse" definidas pelo WAAC para a aquisição de pinturas de guerra (que seriam expostas posteriormente) ou

17 JAMESON, Frederic. *Op. cit.*, p. 170.

para contratação de artistas efetivos, uma se destacava: a representação das máquinas de guerra utilizadas pelo Estado inglês no conflito.

O historiador da arte britânico Brian Foss estudou o trabalho do comitê e identificou uma linha que unia todos estes artistas:

> muitos dos homens e mulheres assistidos pelo WAAC estavam envolvidos mais com a modernidade do que com o modernismo: ligados à uma realidade tecnologizada do conflito mundial, no qual o sujeito representado era, indiscutivelmente, o aqui e agora.[18]

As pinturas produzidas pelo grupo eram expostas em Londres e depois por toda a Inglaterra com o intuito de aproximar os cidadãos britânicos da guerra que acontecia em terras distantes e em seu próprio solo, mas também claramente serviam, segundo o autor, a interesses do governo para promover a guerra e a tecnologia como trunfos ingleses e, desta forma, evocar a nacionalidade. Com isso, buscamos reforçar a teoria de Jameson sobre a modernidade, evidenciando que não podemos desvincular as políticas de modernização do século XX da representação da tecnologia. Para maior entendimento do que são estas representações da tecnologia, vejamos os quadros a seguir de Charles Ernest Cundall, *Stirling Bomber Aircraft: Take-off at sunset* (Avião bombardeiro Stirling: Decolagem ao entardecer) e de Eric Ravilious, *HMS Glorius in Artic* (O cruzador HMS Glorious no Ártico).

---

18 FOSS, Brian. *War Paint*. Yale University Press, 2007, p. 3. "Indeed, many of the men and women supported by the WAAC were involved with modernity more than with modernism: with the reality of a high technologised world conflict in wich the subject matter was unmistakably of the here and now" (tradução nossa).

Il. oolor. 1. CUNDALL, Charles Ernest. *Stirling Bomber Aircraft: Take-off at sunset*. 1942. Pintura. Documento IWM ART LD 1849, Arquivo do Imperial War Museum, Londres.

Il. color. 2. RAVILIOUS, Eric. *HMS Glorious in the Arctic*. 1940. Pintura. Documento IWM ART LD 283, Arquivo do Imperial War Museum, Londres.

Devemos observar o lugar que a tecnologia, ou maquinário de guerra, ocupa nestas pinturas. Quando a tecnologia inglesa aparece nas pinturas, ela é o centro, o personagem principal da representação, e os quadros são sempre claros, envolvendo a tecnologia em uma espécie de aura redentora. Esta forma específica de retratar a tecnologia de guerra britânica estava presente em diversas pinturas de artistas diferentes no período. Da mesma forma que a tecnologia nazista, quando são focalizados ataques a Londres ou batalhas na África, vinha sempre acompanhada de muita névoa ou densa escuridão.

Em muitas das obras produzidas por artistas deste grupo, a tecnologia ocupa o lugar dos humanos enquanto personagens de uma narrativa pictórica. Como, por exemplo, na pintura *Our Mechanised Army* (Nosso Exército Mecanizado), também de Charles Ernest Cundall, na qual os únicos "representados" são tanques A9 Cruiser e Mk VI Light. Esta obra foi julgada tão representativa que foi utilizada para compor um cartaz de propaganda da infantaria britânica, produzido pelo MoI.[19]

Il. color. 3. CUNDALL, Charles Ernest. *Our Mechanised Army: Tanks in action*. Ministry of Information poster. 1940-42. Pintura. Documento IWM ART LD 15, Arquivo do Imperial War Museum, Londres.

Logo, não podemos ignorar a função que a representação da tecnologia tem na modernidade. É a partir desta representação que se constroem as políticas de sedução, em que a tecnologia é utilizada como uma das propagandas do progresso, da própria modernidade e dos processos de modernização, senão a mais importante. Não é à toa que diversos movimentos artísticos, como o Futurismo, se encantaram

19 *Ibidem*.

com as máquinas e com a tecnologia empregada nelas, e criaram formas de representá-las e enaltecê-las. Um ponto importante para reflexão é que estas representações apresentadas trazem consigo sempre uma composição harmônica, ou seja, a pintura não remete à máquina como conflito, e sim como solução. Ainda, nos poucos quadros onde aparecem tecnologia e soldado (lado a lado), podemos perceber que estes estão em uma relação totalmente harmônica. A tensão que uma vez existiu entre homem e máquina na Inglaterra é totalmente ignorada e a relação é totalmente reinventada nestas pinturas.

Enfim, esta face da modernidade é importante para este estudo, pois, como já afirmamos, Tolkien, além de viver e experimentar exatamente este contexto, é declaradamente antitecnológico. As razões, formas de representação e críticas desta postura serão analisadas a seguir. A pesquisa sobre a posição ocupada pela tecnologia no processo da modernidade e da modernização foi motivada exatamente pela insistência da postura antitecnológica de Tolkien, que aparece de forma contundente em suas cartas e é incorporada ou transportada para sua obra sob diversas formas e em diferentes contextos, como veremos ainda neste capítulo.

A NATUREZA, OS HERÓIS E A GUERRA NA TERRA-MÉDIA

Já foi afirmado que encaramos a obra de Tolkien como uma narrativa moderna, que representa a própria modernidade e os processos e dinâmicas de mudança pelas quais passa o autor. É chegada a hora de acompanhar como estes elementos aparecem na narrativa e como criamos a teoria de que tanto o autor (Tolkien) como a obra (OSdA) são modernos. Para tanto, iniciaremos nossa investigação por uma das passagens mais reveladoras da trama: a batalha de Isengard. Estamos na terra de Saruman, um dos magos mais poderosos da Terra-Média, que cai em tentação e se alia a Sauron (o maligno), utilizando sua enorme torre e suas terras para produzir armas e orcs (soldados) superpoderosos. Perto destas terras existe uma floresta habitada por seres mágicos e antiquíssimos, os ents.

Os ents são personagens muito complexos, de importante peso na narrativa e de forte representação no tocante ao contexto da modernidade; por isso, merecem estudo aprofundado. Suas ações e sua própria existência estão relacionadas com as lutas e críticas às políticas de modernidade e modernização que assolavam a Inglaterra no momento da escrita de Tolkien. Um processo que, como vimos, se arrasta a partir de meados do século XIX e se torna indiscutivelmente dominante no século XX. Mas, antes de discutir o peso representativo dos ents na narrativa de Tolkien, vamos examinar como estas criaturas são descritas na obra.

> (...) Avançaram das árvores três formas estranhas. Eram altas como trolls, com três metros e meio ou mais de altura; os corpos fortes, robustos como os de árvores jovens, pareciam estar cobertos por um traje ou por um couro justo, cinzento e marrom. As

> pernas eram longas e as mãos tinham muitos dedos; os cabelos eram duros e as barbas de um verde-acinzentado como musgo.[20]

Árvores, com forma humanizada, com barbas, cabelos, dedos e braços, que se movem e falam (embora esta última característica não apareça no trecho, ela é descrita em outras partes). Estes são o ents. Ou seja, a natureza, que se levanta e age como os humanos. A natureza humanizada ou a naturalização da humanidade.

Pois bem, os ents aparecem na narrativa, encontram os hobbits Merry e Pippin e contam-lhes que estão com um grande problema: a devastação e o desmatamento. Saruman, o mago da torre de Isengard (chamada de Orthanc), sempre foi muito bondoso com as criaturas da floresta, porém, de uns anos para cá, resolveu cortar árvores e mais árvores para aquecer caldeiras enormes e produzir armas destinadas a um exército de orcs. Destruição e devastação criam um cenário horrível e degradante na região próxima à torre. Vejamos este cenário descrito por Tolkien e atentemos para como se constrói uma representação muito próxima de um cenário urbano moderno.

> Abaixo das muralhas de Isengard ainda havia acres cultivados pelos escravos de Saruman, mas a maior parte do vale tinha-se tornado um deserto cheio de mato e de espinheiros. Sarças se arrastavam no solo ou, trepando sobre arbustos ou barrancos, formavam cavernas emaranhadas onde se abrigavam pequenos animais. Nenhuma árvore crescia ali, mas em meio ao mato alto ainda se podiam ver os

---

20 TOLKIEN, J. R. R. O *Senhor dos Anéis*, vol. II: *As Duas Torres*. São Paulo: Martins Fontes, 1999, p. 219.

> troncos de antigos bosques, derrubados por machados e queimados. Era uma terra triste, silenciosa, a não ser pelo ruído pedregoso de águas rápidas. Fumaça e vapores flutuavam em nuvens escuras e espreitavam nas concavidades.[21]

Diante desta mudança em seu cenário e ambiente, as árvores se revoltam e decidem, depois de conversar por muito tempo, que é hora de lutar e parar com a devastação provocada por Saruman (e pela modernidade!). Veremos o relato desta batalha, comandada por um ent chamado Barbárvore, através das falas de Merry e Pippin:

> — Barbárvore nos pôs no chão, dirigiu-se aos portões e começou a golpear as portas, chamando Saruman. Não houve resposta, com a exceção de flechas e pedras que vieram das muralhas. (...) Um murro dado pelo punho de um ent amassa o ferro como se fosse uma lata fina.
>
> — (...) Os dedos dos pés e das mãos simplesmente agarram-se à rocha e a arrancam qual casca de pão. Foi como assistir ao trabalho de grandes raízes de árvores durante uma centena de anos, tudo condensado em alguns momentos.
>
> — Eles empurravam, puxavam, rasgavam, chacoalhavam, e esmurravam; e (...) em cinco minutos esses portões enormes estavam no chão destruídos;

21 *Ibidem*, p. 227.

e alguns dos ents já estavam começando a roer muralhas, como coelhos num poço de areia.[22]

— (...) Saruman (...) não demorou muito para que pusesse em ação algumas de suas preciosas máquinas. Nesse momento já havia muitos ents dentro de Isengard.

— Isso os deixou loucos. Eu achara antes que eles estavam realmente furiosos, mas estava errado. (...) Muitos ents estavam se lançando contra a rocha de Orthanc, mas ela os derrotou. É muito lisa e dura. Há alguma magia nela, talvez mais antiga e mais forte que a de Saruman. De qualquer forma, eles não conseguiram agarrá-la nem causar-lhe nenhuma rachadura: eles é que estavam se machucando e contundindo ao se baterem contra a torre.[23]

— Devia ser por volta de meia-noite quando os ents arrebentaram as represas e derramaram sobre Isengard toda a água armazenada através de uma fenda na muralha norte. (...)

— Isengard começou a se encher de córregos e lagos negros que avançavam cada vez mais. As águas reluziram na última luz da lua, enquanto se espalhavam por toda a planície. De quando em quando, escoavam através de algum poço ou gárgula. Um grande vapor esbranquiçado subia chiando. A

22 *Ibidem*, p. 245-246.

23 *Ibidem*, p. 249.

> fumaça se levantava em ondas. Houve explosões e
> rajadas de fogo.[24]

Uma batalha contra uma fábrica, travada pela própria natureza, sem intermediários. Isto é a batalha de Isengard. Esta forma de representar a crítica contra a modernidade e, principalmente, contra a modernização é muito vanguardista para a época. Não temos notícia, em outras representações da época, de uma construção ficcional em que a própria natureza se levanta contra a industrialização e os efeitos negativos de seu processo, a poluição, o desmatamento e as agressões à fauna e à flora. Sabemos que Tolkien era contra a industrialização, mas esta batalha, e os próprios ents, vão muito além disso. Os ents aqui expressam toda uma revolta contra a destruição do mundo em nome do progresso, esfera que será muito discutida, analisada e estudada cerca de trinta anos depois da publicação de OSdA. Dar este tipo de resposta ao seu momento histórico é inovador, como já falamos, e próprio de Tolkien, que buscava entender diversos eventos de seu contexto de forma a vislumbrar suas consequências no futuro próximo. Procedimento, aliás, próprio de várias outras obras literárias daquele momento, principalmente no campo da ficção científica – porém, poucas trouxeram um amálgama de críticas à modernidade como OSdA.

O ódio contra a modernidade, especificamente contra a arquitetura moderna, e as consequências das políticas de modernização podem ser verificados em diversas passagens da obra, além da batalha de Isengard, sendo esta, porém, o momento mais evidente da manifestação desses sentimentos na trama. Agora, fora da narrativa, Tolkien expõe algumas vezes sua posição contra a estética da modernidade,

---

24 *Ibidem*, p. 253.

como em uma carta de abril de 1944, enviada a seu filho Christopher, em que ele relata suas impressões quando viajou para Birmingham, após muitos anos sem visitar a cidade onde havia crescido e estudado:

> Passeei então um pouco pela minha "cidade natal". Com exceção de um canteiro de escombros medonhos (oport. O terreno do meu antigo colégio), ela não parece muito danificada: não pelo inimigo. O principal dano tem sido o crescimento de grandes edifícios modernos, lisos e descaracterizados. O pior de tudo é a pavorosa edificação de várias lojas no antigo terreno. Não pude suportar muito aquilo ou os fantasmas que se erguiam das calçadas, então peguei um bonde na mesma antiga esquina onde eu costumava pegá-lo para ir aos campos de esporte.[25]

À primeira leitura, pode saltar aos olhos a impressão de certo saudosismo de Tolkien, do tipo que evoca estruturas de um antigo viver. Mas uma leitura mais detalhada nos faz perceber que a crítica que toma corpo aqui é à modernidade e aos processos de modernização. Os edifícios "modernos, lisos e descaracterizados" são os causadores do mal-estar que praticamente expulsa Tolkien de onde ele havia crescido e, portanto, deveria lhe trazer conforto e bem-estar.

Pois bem, retornemos um pouco à descrição da torre de Isengard. Quando os ents investiam contra ela, Tolkien nos diz que ela era "muito lisa e dura",[26] o que impedia os ataques do exército da natureza. Logo, podemos relacionar Orthanc com os "grandes edifícios modernos, lisos e descaracterizados" mencionados na carta, que causam extremo incômodo a nosso autor. A aura de devastação e destruição pode ser diretamente relacionada também à descrição que Tolkien faz de Mordor (terra de Sauron), onde o sol quase não brilha, devido às fumaças que cobrem o céu, a terra é seca, sem vegetação, o cenário é

---

25 CARPENTER, Humphrey. *Op. cit.*, p. 72.

26 TOLKIEN, J. R. R. *Op. cit.*, vol.II, p. 249.

escuro, tudo em tons de cinza, com muitas pedras por todos os lados e um mau cheiro constante. As poucas árvores que aparecem na descrição estão secas ou praticamente mortas. Essa construção nos remete novamente às cidades modernas industriais, principalmente pela fumaça que cobre o céu e os tons de cinza preenchendo o ambiente.[27]

Estas mudanças de cenário são encontradas em praticamente todas as cidades que passaram por processos de modernização e industrialização, não sendo característica única do meio de Tolkien, o que torna esta experiência mais rica e complexa. Por exemplo, a escritora e crítica cultural argentina Beatriz Sarlo, ao falar das mudanças estruturais, arquitetônicas e dos meios de transporte provocadas pelas políticas de modernização em Buenos Aires, no início do século XX, aponta uma problemática interessante, que vem ao encontro de nosso tema:

> Penso que o impacto dessas transformações tem uma dimensão subjetiva que se desdobra num arco de tempo relativamente curto: de fato, homens e mulheres podem recordar uma cidade diferente daquela na qual estão vivendo.[28]

Em outro ponto do mesmo artigo, a autora traz outra constatação, relacionando as mudanças estruturais e a dimensão subjetiva levantada por ela na passagem citada. A modernidade tem efeito avassalador na dinâmica da vida social dos envolvidos no processo (provocando mudanças em todas as esferas), e esta mudança é vista por diversos sujeitos como positiva, mas existe uma parcela que não

27 *Ibidem*, p. 36. Além de relacionar esta descrição com os cenários industriais modernos, podemos pensar em uma relação com os cenários de cidades no pós-guerra, onde rastros da destruição imperavam.

28 SARLO, Beatriz. *Paisagens imaginárias*. São Paulo: Edusp, 2004, p. 204.

vê beleza nelas e busca evidenciar seus efeitos negativos, como já pudemos perceber na análise de Benjamin sobre a obra de Baudelaire.

> Na atitude de quem sente prazer assim, deixava que o espetáculo da multidão agisse sobre ele. Contudo, o fascínio mais profundo desse espetáculo consistia em não desviá-lo, apesar da ebriedade em que o colocava, da terrível realidade social. Ele se mantinha consciente, mas da maneira pela qual os inebriados "ainda" permanecem conscientes das circunstâncias reais.[29]

Desta forma, podemos relacionar as construções de Tolkien na narrativa como formas de responder a esta "aceitação" do processo de modernização. Para ele, a modernidade não trouxe, nem pode trazer, mudanças positivas. Ele não simpatiza com a nova arquitetura, a nova arte ou a nova dinâmica social. As novidades da modernidade, em constante mudança, em constante processo de superação e substituição, essência da modernidade, o desagradam e trazem uma sensação de mal-estar, que é transformada em crítica na obra.

Existe, em certos momentos da narrativa, até mesmo um tom de pessimismo com relação à luta contra a modernidade. Como se o autor soubesse que esse é um processo lento, difícil e pouco frutífero. Como exemplo deste sentimento de impotência e separação, segue mais um trecho da mesma batalha que analisamos anteriormente. Nela percebemos que, apesar de destruída a fábrica de Saruman e de vencida a batalha pelos ents, o narrador nos mostra o efeito disso na torre em si, símbolo das novas construções modernas.

> Agora estavam ao pé de Orthanc. Era uma torre
> negra, e a rocha brilhava como se estivesse molhada.
> As muitas facetas da pedra tinham arestas perfeitas,

29 *Ibidem*, p. 55.

> como se tivessem sido recentemente cinzeladas. Algumas estrias e pequenas lascas acumuladas junto da base eram as únicas marcas da fúria dos ents.[30]

Aqui podemos estabelecer um paralelo com uma leitura sobre a produção de Walter Benjamin com relação à modernidade, na qual ficam evidentes dois elementos, bem presentes nestas passagens que acabamos de ler. Vamos acompanhar a descrição de Willi Bolle sobre a visão de Benjamin de modernidade:

> A avaliação benjaminiana dos rumos da cultura na modernidade parte da observação das evidências bárbaras e destruidoras: inflação e guerra química, ganância e mar de sangue. Nessas observações expressa-se a experiência de uma vida de escritor entre duas guerras mundiais – a primeira, ele viveu, a segunda, ele pressentiu com muita antecedência. "Biologicamente falando", diz Benjamin, "o homem enquanto espécie" está no fim da evolução, há milênios; culturalmente falando, porém, "a humanidade enquanto espécie" estaria apenas no início. Nessa situação, a tarefa do escritor consiste na busca de estratégias adequadas, que possam atuar contra a "decadência da inteligência" e a "perversão dos instintos vitais". Benjamin lembra a lição elementar de que tudo o que a humanidade fizer contra a natureza reverterá contra ela.[31]

O próprio Walter Benjamin, ao analisar a obra de Baudelaire, trabalha com esta dimensão ao mesmo tempo mágica e destrutiva, que parece ser parte integrante das construções modernas. Esta aura está presente em todas as edificações e todos os projetos arquitetônicos, onde certa "magia" é responsável pela concepção do novo cenário urbano, que fascina e traz medo, fazendo com que pareçam

---

30 TOLKIEN, J. R. R. *Op. cit.* vol. II, p. 263.

31 BOLLE, Willi. *Fisiognomia da metrópole moderna*. São Paulo: Edusp, 2000, p. 303.

envoltas em um poder indestrutível e inabalável, conforme a representação de fortalezas na passagem abaixo.

> Na alocução a Paris, que permaneceu fragmentária e que deveria fechar *As Flores do Mal*, Baudelaire não se despede da cidade sem evocar suas barricadas; lembra-se de seus "paralelepípedos mágicos que se elevam para o alto como fortalezas". Naturalmente, essas pedras são "mágicas", uma vez que o poema de Baudelaire não conhece as mãos que as colocaram em movimento.[32]

Fica evidente a ligação destas visões de modernidade com as construções narrativas de Tolkien, nas quais a modernidade (torre de Orthanc e Mordor) precisa ser destruída para livrar o mundo do mal, e onde a natureza tem poder para devolver tudo que fizemos a ela. Na visão de Benjamin, a natureza ganha poder de ação, assim como os ents de Tolkien, ou seja, essa interpretação da natureza não era puramente uma exclusividade individual de seus autores, mas revela também uma ligação, uma conexão entre eles, engendrada pelo contexto das novas políticas da modernidade e de modernização.

Porém, nem tudo é crítica na batalha de Isengard. Como mencionamos anteriormente, Tolkien acredita em um mundo moral, onde o bem e o mal estão claramente definidos e precisam, necessariamente, estar em conflito. É só por meio da guerra que esta equação se resolve – e, como o mal sempre volta, esta guerra será sempre necessária. No entanto, o próprio Tolkien admite que, no mundo real, esta divisão não se dá de forma tão clara quanto na narrativa.[33]

---

32 BENJAMIN, Walter. *Op. cit*, vol. II, p. 13.

33 Ao escrever para seu filho Christopher, em 1944, ele afirma que na vida real o mal pode estar por todos os lados, a moralidade não é tão facilmente definida como na ficção, e ele cita o exemplo dos russos, que na realidade estão do lado do "bem" (Aliados), mas, se a história fosse em uma narrativa ficcional, eles seriam representados por orcs. CARPENTER, Humphrey. *Op. cit.*, p. 121.

Portanto, temos ainda um último ponto a analisar na batalha de Isengard antes de prosseguirmos. Esta passagem é cheia de significados e representações, sendo ao mesmo tempo uma resposta da natureza à industrialização e uma luta contra a modernidade (como já acompanhamos), mas ela é também uma justificativa natural para a guerra. Ela é resposta da natureza contra a industrialização pois é a própria natureza, na forma dos ents, se levantando e lutando, escolhendo a luta como resposta. Podemos considerar esta abordagem da natureza como um início do discurso ambientalista, que se preocupa com os efeitos da industrialização no mundo, em uma época que este discursos não era prática comum, mas, também, existe aí um problema: por que a natureza escolhe a guerra e não outra forma de resposta?

O que devemos focar agora é exatamente o processo de constituição da representação da guerra como forma natural de resposta, o que a torna livre de conflitos internos e, praticamente, única alternativa de resposta. Para investigarmos a naturalização da guerra que esta passagem promove, acompanhemos o trecho a seguir:

> A Floresta estava tensa como se uma tempestade estivesse se formando dentro dela: então, em uníssono, explodiu. Gostaria que vocês pudessem ter ouvido a canção deles enquanto marchavam.
>
> — Se Saruman tivesse ouvido, agora estaria a milhas de distância, mesmo que tivesse de correr com as próprias pernas — disse Pippin.
>
> Se Isengard for um lugar de pedra fria e duro osso,
>
> Nós vamos todos guerrear, quebrar a pedra e seu portão!

> — Havia muito mais. Grande parte da canção não tinha palavras, e era como uma música de trombetas e tambores. Era muito contagiante. Mas pensei que fosse apenas uma música de marcha e nada mais, apenas uma canção — até que cheguei aqui. Agora eu sei do que se trata.[34]

Nesta passagem, narrada por Merry e Pippin, podemos perceber que a natureza guerreia como humanos, utilizando cantos, trombetas e tambores. Isto é a construção de uma naturalização da guerra, ou seja, até mesmo a natureza guerreia. Isso torna a guerra algo natural, e não mais produto da cultura humana. Desta forma entendida, a guerra é praticamente necessária, pois é natural, não pode mais ser pensada como algo opcional. Não existe escolha, só existe a guerra para resolver conflitos. Isso justifica moralmente a guerra, ela é o conflito necessário para o bem vencer o mal. Portanto, a natureza também guerreia, faz parte dela e torna o peso de um conflito um pouco menor, uma vez que é naturalizado como única saída moral para a humanidade.

Acompanhemos agora outra passagem, de outra batalha, na qual os humanos estão à beira da aniquilação total, sem esperanças, e a natureza participa da guerra também, mas de outra forma, evocando uma aura romântica. Vejamos:

> O Cavaleiro Negro jogou para traz o capuz e todos ficaram atônitos: ele tinha uma coroa real, e mesmo assim ela não repousava sobre nenhuma cabeça visível. As labaredas rubras reluziam entre a coroa e

34 TOLKIEN, J. R. R. *Op. cit*, vol. II, p. 243.

> os ombros largos e escuros protegidos pela capa. De uma boca invisível veio uma risada mortal.
>
> — Velho tolo! — disse ele. — Velho tolo! Esta é a minha hora. Não reconhece a morte ao deparar com ela? Morra agora e pragueje em vão! — E com essas palavras ergueu a espada, de cuja lâmina escorriam chamas.
>
> Gandalf não se mexeu. E naquele exato momento, em algum pátio distante da Cidade, um galo cantou. Cantou num tom estridente e cristalino, sem se importar com feitiçaria ou guerra, apenas saudando a manhã que no céu, acima das sombras da morte, chegava com a aurora.
>
> E como em resposta veio de longe uma outra nota. Trombetas, trombetas, trombetas. Ecoaram fracas nas encostas escuras do Mindolluin. Grandes trombetas do norte, num clangor alucinado. Rohan finalmente chegara.[35]

Além de ser a natureza que divide as águas da derrota e da vitória nesta passagem, é ela que avisa da chagada de um novo exército aliado. Exército este, aliás, que cavalga ao som de trombetas e cantos, exatamente como os ents quando atacaram a torre de Isengard. Examinando atentamente esta batalha, e a chegada do novo exército (anunciado pela natureza), percebemos diversos elementos românticos e modernos convivendo, principalmente no tocante ao comportamento dos personagens durante a batalha e em sua relação com a morte. Precisamos de apenas duas passagens, as mais simbólicas,

---

35 *Ibidem*, p. 137.

para compreendermos a esfera moral, que justifica a guerra, e a esfera romântica e moderna, simultâneas, que enaltecem a morte, e assim entendermos como elas se relacionam.

> Àquele som, a figura curvada do rei de repente se aprumou. Agora ele parecia alto e orgulhoso novamente; e levantando-se nos estribos gritou numa voz poderosa, mais cristalina do que qualquer um já ouvira um homem mortal produzir antes:
>
> Acordem, acordem, Cavaleiros de Théoden!
> Duros feitos despertam: jugo e massacre.
> Quebrada será a lança, trincado será o escudo,
> em dia de espada, vermelho, antes de o sol raiar!
> Avante agora, avante! Avante para Gondor![36]
>
> E com isso o exército começou a se mover. Mas os rohirrim não cantavam mais. Morte, gritavam em uma só voz terrível, e, aumentando a velocidade como uma grande onda, sua batalha circundou seu rei caído e avançou rugindo em direção ao sul.[37]

Na primeira passagem, o rei Théoden convoca seu exército a combater nesta guerra justa e moralmente justificada, mesmo que isso lhes cause a morte. Na segunda passagem, com o mesmo rei já morto, seu exército clama pela morte justa, como forma de recompensa, ou certificação de que sua causa é nobre e natural. A naturalização da guerra arrasta consigo a representação romântica da guerra e moderna do herói, formando um processo único, amarrado pela valorização

36 *Ibidem*, p. 152.

37 TOLKIEN, J. R. R. O *Senhor dos Anéis*, vol. III: *O retorno do rei*, p. 163.

da morte por uma causa moralmente justa, ou seja, em nome da vitória do bem.

Na modernidade, o conceito de herói muda, não pode ser aquele herói dos gêneros antigos, pois deve conter traços positivos e negativos, ao mesmo tempo evidenciados na trama, como nos avisa Mikhail Bakhtin.[38] Já para Benjamin, o herói da modernidade é aquele que tenta resistir a ela e, por isso, se enfraquece e procura a morte como local seguro e de descanso. Desta forma, existe uma valorização da morte, do suicídio como única forma de protesto, pois só assim o ser deixa de ser produtivo e, por consequência, afeta o sistema todo. Segundo o próprio Benjamin: "O herói é o verdadeiro objeto da modernidade. Isso significa que, para viver a modernidade, é preciso uma constituição heróica".[39]

Ou seja, o herói já não pode ser um personagem que age como as pessoas deveriam agir, ele não é mais o exemplo a ser seguido, mas sim o ser da modernidade, como ele efetivamente age. Dentro desta nova forma de representação, a morte e o suicídio ganham *status* de ações heroicas, pois representam a redenção final de todo ser vivo. Podemos perceber, pois, a aproximação com as atitudes dos dois reis que Tolkien mata em sua obra (Théoden – que morre em combate – e Denethor). Denethor, inclusive, era o regente de Gondor, uma vez que este reino estava sem rei, e, por não aguentar ver a guerra se aproximando, exaurido de suas forças e desesperado por perder seus filhos na batalha (Boromir – que fazia parte da Comitiva do Anel junto com Frodo e Gandalf – e Faramir – que, na verdade, estava gravemente ferido, mas não morto), decide que incendiaria seu corpo e o de seu filho Faramir. Impedido por Gandalf, ele acaba por se queimar

---

38 BAKHTIN, Mikhail. *Questões de literatura e estética*. São Paulo: Hucitec, 2010.

39 BENJAMIN, Walter. *Op. cit.*, vol. III, p. 73.

sozinho. Ou seja, o suicídio foi a única saída encontrada por este personagem para acabar com seu sofrimento e angústia, devido à guerra que se aproxima, causados pela vontade de dominação de Sauron.

Aqui, faremos uma breve pausa para definirmos alguns entendimentos acerca do conceito de romantismo. Para tanto, utilizaremos os estudos de Elias Thomé Saliba sobre as utopias românticas, seus significados, seu terreno de fertilização e suas características. Para este autor, o romantismo nasce da efervescência social, política e cultural que impregnava o período da passagem para o século XIX na Europa. Esta mudança, guiada pelas revoluções do século XVIII, criou um ambiente cultural novo e uma inédita forma de representar o mundo: "O imaginário romântico alimentou-se de uma quebra de continuidade da história europeia na passagem para o século XIX: a Revolução Francesa e a Revolução Industrial".[40]

As utopias românticas trabalham com o que poderia ser, o que poderia acontecer a partir de uma nova ruptura, um abalo sísmico social e cultural. Tudo o que era e deixou de ser, e tudo o que pode ser e ainda não o é. A característica mais definidora do imaginário romântico é a permeabilidade ao instável, a aceitação e a valorização da mudança, ou da possibilidade de mudança. A grande decepção do romantismo se baseia na ideia de que o idealismo das mudanças sociais, das possibilidades de mudanças abertas pelos processos históricos do final do século XVIII não condiziam com o mundo material dos autores.

> Surge daí o impulso às utopias românticas. Este fracasso invencível dos projetos mais conseqüentes de transformação social, inerentes à Revolução Francesa, fracasso vivenciado sob a forma de uma paralisante crise de identidade, foi propício ao engendrar do

40 SALIBA, Elias Thomé. *Utopias românticas*. São Paulo: Estação Liberdade, 2003, p. 19.

> ingrediente básico das utopias modernas: o desenraizamento do tempo presente.[41]

Nas utopias românticas, a relação da humanidade com o tempo muda, ela se torna, primeiro, mais longa, instável e incerta, e, segundo, a natureza entra nos parâmetros temporais, ou seja, a natureza recebe uma história, assim como a humanidade; ser natural já não significa ser imutável. Logo, existe aí uma aproximação entre natureza e sociedade, muito semelhante ao que os ents representam na obra de Tolkien. As utopias românticas tinham como desafio e objetivo captar o instável, enquanto o movediço também exigia uma nova estética, novas formas de sensibilidade aptas a simbolizar, ainda que difusamente, o ineditismo das mudanças em toda a sua efervescência.

As utopias românticas, ao contrário das utopias tradicionais ou anteriores, se preocupavam em criar uma relação espaço-temporal com a realidade do autor ou dos leitores. Preocupação esta manifestada nas obras, por meio de conexão com o tempo, continuidades temporais dos tempos atuais, ou anteriores aos atuais, mas sempre com ligação direta com a realidade social do autor e dos leitores. Segundo Saliba, muitos autores de utopias românticas se alimentavam do passado ou nele se alojavam, como um espaço de refúgio poético, onde era possível criar outras dinâmicas ou mesmo outras histórias, paralelas ou contrárias às "reais". Os projetos utópicos, manifestos nas obras do período e com essas características, são traduções de desejos coletivos e exprimem a vontade de realização destes sonhos, tendo de ser encarados como respostas coletivas ao tempo e às dinâmicas da época dos autores.[42]

---

41 *Ibidem*, p. 29.

42 *Ibidem*, p. 103.

Uma das conclusões mais importantes da obra de Saliba, que vai ao encontro de nosso estudo da obra de Tolkien, tem relação com as ecotopias, conceito construído por ele, significando "atitude enfática de imaginar um mundo natural tal como era, anterior à penetração da grande indústria. Nostalgia de um mundo irrecuperavelmente perdido que procuramos, pela lembrança sublimadora do ideal utópico romântico, a todo custo recuperar".[43] Ao ler esta descrição da ecotopia, podemos perceber sua proximidade direta com a obra de Tolkien; no mundo construído por ele, não existe industrialização ainda, e o pouco que existe, de forma incipiente, é destruído ou derrotado. Logo, podemos seguramente encaixar a obra de Tolkien também como uma ecotopia romântica, o que não desmerece as outras identificações realizadas anteriormente neste estudo, mas sim as complementa.

Para captarmos um pouco melhor o conceito de ecotopia, precisamos averiguar uma das poucas passagens na obra OSdA em que existe a representação direta de uma máquina. Trata-se, ainda, na batalha de Isengard, de quando Merry e Pippin narram aos seus amigos, que não estavam presentes na batalha, os acontecimentos do tão significativo combate.

> — Quando Saruman estava a salvo outra vez em Orthanc, não demorou muito para que pusesse em ação algumas de suas preciosas máquinas. Nesse momento, já havia muitos ents dentro de Isengard: alguns tinham seguido Tronquesperto, e outros tinham irrompido do norte e do leste: estavam vagando de um lado para o outro e fazendo um grande estrago. De repente, ergueram-se chamas e uma

43 *Ibidem*, p. 105.

> fumaça imunda: as aberturas dos poços em toda a planície começaram a cuspir e vomitar. Vários ents ficaram com queimaduras e bolhas. Um deles, que se chamava Ossofaia, eu acho, ficou preso no vapor de algum tipo de fogo líquido e queimou como uma tocha: uma cena horrível.[44]

A máquina aqui é um artefato de guerra, utilizado contra a própria natureza, que queima em desgraça. Atentemos aos adjetivos utilizados na representação da máquina construída nesta passagem, pois eles constroem uma imagem de aspecto grotesco e não natural. As descrições "fumaça imunda", "cuspir e vomitar" trazem um aspecto totalmente repugnante às máquinas, como se elas não pertencessem àquele tempo ou forçassem sua existência em um mundo que não as queria. Portanto, aliando a descrição da máquina com toda a ambientação pré-capitalista construída por Tolkien, compreendemos como se dá o conceito de ecotopia. Na verdade, ele acrescenta elementos à discussão realizada no início deste capítulo sobre as visões de modernidade, em que o antigo e o novo transitam pelo mesmo tempo e espaço, sempre existindo a valorização de um ou de outro. O que devemos manter em mente aqui é a questão dos valores modernos e românticos que permeiam a obra de Tolkien; sem isto, não compreenderemos o jogo maior construído na narrativa, que será fechado somente no próximo capítulo.

Nesta construção utópica de um passado idealizado, inatingível, sem máquinas e cheio de magia, até mesmo o mal é representando de forma idealizada, sem oscilação. O mal é sempre mal e não precisa de justificativa para ser mal; suas ações não precisam de explicações

44 TOLKIEN, J. R. R. *Op. cit.*, vol. II, p. 248.

ou contextos. Durante toda a narrativa, existe uma forma específica de representar o mal: não existem diálogos dos personagens do mal – salvo raras exceções –, o principal personagem do mal, Sauron, praticamente não aparece e se manifesta em poucos momentos por meio de frases soltas e esfumaçadas. Esta forma de representar o mal torna quase impossível ao leitor criar uma relação com tais personagens, absorvendo pura e simplesmente sua representação de mal pelo mal. Não existem justificativas para as ações do mal, eles agem de forma maléfica e ponto. Esta representação corrobora e completa a justificativa natural da necessidade da guerra. Os personagens do bem têm fraquezas, caem em tentação, são dúbios em determinados momentos – desta forma constituindo-se como humanos modernos –, porém aos personagens do mal não é atribuída esta característica essencial do homem moderno, o que os torna praticamente não humanos, não naturais.

Como não existe passagem em que os personagens do mal se definam como tal e justifiquem suas ações e posturas, extraímos uma fala de Gandalf que define o mal e explica a importância da luta contra ele.

> — Nossa força mal conseguiu vencer o primeiro grande assalto. O próximo será maior. Esta guerra não nos oferece esperança final, como Denethor percebeu. A vitória não pode ser conseguida por meio de armas, quer vocês permaneçam aqui e suportem cerco após cerco, quer saiam em marcha para serem derrotados além do Rio. Vocês têm apenas uma escolha entre os males, e a prudência deveria aconselhá-los a reforçarem todas as fortalezas que possuírem, e lá esperarem o ataque; dessa forma, o tempo antes de seu fim poderá ficar um pouco mais longo.

— Então você aconselha que nos retiremos para Minas Tirith ou Doí Amroth ou para o Templo da Colina, e que fiquemos nesses lugares sentados como crianças sobre castelos de areia, quando a maré está subindo? — disse Imrahil.

— Isso não seria nenhum conselho inédito, disse Gandalf. — Não foi isso o que fizeram, ou pouco mais que isso, nos dias de Denethor? Mas não! Eu disse que isso seria prudente. Não aconselho a prudência. Disse que a vitória não poderia ser conquistada por meio de armas. Ainda alimento a esperança na vitória, mas não através de armas. Pois em meio a todas essas estratégias está o Anel de Poder, o alicerce de Barad-dûr, e a esperança de Sauron.

— Em relação a essa coisa, meus senhores, agora todos vocês sabem o suficiente para o entendimento da nossa situação, e da de Sauron. Se ele a conseguir de volta, a valentia de vocês será inútil, e a vitória dele será rápida e completa: tão completa que ninguém pode prever o fim dela enquanto durar o mundo. Se ela for destruída, então ele cairá, e sua queda será tão grande que ninguém pode prever a possibilidade de que jamais venha a ascender de novo. Pois perderá a melhor parte da força que nasceu junto com ele, e tudo o que foi feito ou começado com esse poder ruirá, e ele ficará mutilado para sempre, transformando-se num simples espírito maligno que se corrói nas sombras, mas que não pode crescer ou tomar

> forma outra vez. E assim desaparecerá um grande mal deste mundo.
>
> — Outros males existem que poderão vir; pois o próprio Sauron é apenas um servidor ou emissário. Todavia, não é nossa função controlar todas as marés do mundo, mas sim fazer o que pudermos para socorrer os tempos em que estamos inseridos, erradicando o mal dos campos que conhecemos, para que aqueles que viverem depois tenham terra limpa para cultivar. Que tempo encontrarão não é nossa função determinar.[45]

Por esta passagem, podemos perceber que os personagens do mal são desumanizados, de forma a não apresentarem características essenciais ao humano moderno, presentes em todos os demais personagens da narrativa. A estratégia de desumanizar o mal completa a construção da guerra justa, ela tira uma carga moral que existe em matar um indivíduo, seja qual for a causa. Mas, além destas constatações, uma última, com relação à representação do mal, deve ser investigada: a ideia de que o mal é cíclico, que sempre retornará, independentemente de como tenha sido sua última derrota. Esta concepção do eterno retorno do maligno é o que justifica a necessidade da guerra, sempre; ela nunca deixará de existir, pois é a única forma de combater o mal, como já verificamos antes.

Desta forma, a guerra é natural, justa e necessária. Mas isso não se refere a qualquer guerra, apenas e especificamente à guerra utópica e romântica do bem contra o mal, travada sem máquinas ou magia. Para compreender como é ambígua a relação de Tolkien com a

---

45 *Ibidem*, p. 218.

guerra, dentro e fora da obra literária, vejamos uma carta enviada por ele a seu filho Christopher, datada de 8 de abril de 1944.

> Não sei dizer o quanto tenho saudades de você, querido rapaz. Eu não me incomodaria se você estivesse mais feliz ou empregado de um modo mais útil. Como tudo é estúpido!, e a guerra multiplica a estupidez por 3 e sua potência por si mesma: assim, os dias preciosos de uma pessoa são regidos por (3x)2, onde x = crassitude humana normal (e isso é ruim o suficiente). Contudo, espero que em dias vindouros a experiência de homens e coisas, ainda que dolorosa, mostre-se proveitosa. Ela foi para mim.[46]

Nesta carta existe uma espantosa crítica à guerra e à humanidade. Acentuada pelo fato de Tolkien ter um filho servindo a RAF, a quem escreve. Logo, é obvio que o ódio de Tolkien pela guerra seja intenso; ele mesmo participou da Primeira Guerra Mundial (como já vimos) e poderia ter perdido a vida naquele conflito. Porém, quando pensamos que a situação está resolvida, Tolkien termina a carta com palavras de encorajamento para seu filho, lembrando, inclusive, sua própria experiência de guerra como algo proveitoso, algo quase positivo, sem a qual ele não seria o que é. Enfim, percebemos que a relação de Tolkien com a guerra é muito ambígua e incerta, mudando em determinadas situações e contextos diferentes.

Acreditamos que talvez para o próprio autor a conceituação de guerra justa (ou mesmo toda a discussão que fizemos sobre a naturalização da guerra) não estivesse totalmente definida, mas um ponto importante desta discussão é que Tolkien sabe de uma coisa com certeza: não é a guerra que se desenrola diante de seus olhos que representa a forma certa de lutar contra o mal, pois esta é a Guerra das Máquinas, não a dos homens.

---

46 CARPENTER, Humphrey. *Op. cit.*, p. 74.

O ANEL COMO REPRESENTAÇÃO

A narrativa de OSdA gira em torno do Um Anel. Quando falamos "gira em torno", queremos dizer que ele é seu eixo, todos os conflitos, a guerra, as amizades, entre outros elementos, partem do ou são construídos pelo Anel. Se não existisse o Anel, não existiria a guerra do Anel, os hobbits não sairiam do Condado e a narrativa não existiria. Portanto, é muito importante investigar e problematizar a função e a representação do Anel na obra, sempre tendo em mente que ele é o motivo da guerra e da morte de vários personagens na obra, pois este é um elemento intrínseco à guerra.

Porém, como sabemos, uma história sobre um anel que fornece grande poder a seus usuários e provoca diversas guerras e mortes, alavancadas pela cobiça por poderes absolutos, não é algo originário ou exclusivo da obra de Tolkien. Aproximadamente no século XIII foi escrito um poema que tinha um anel do poder como eixo da trama, *Nibelungenlied*,[47] que depois serviu como base para o compositor Richard Wagner construir a ópera *O Anel dos Nibelungos*, que, tem um anel do poder que move toda a trama narrativa. Porém, o anel de Wagner e o Um Anel de Tolkien estão ligados a elementos totalmente diferentes, além de existir um intervalo de tempo entre os dois de quase um século.

Mas comecemos do início. Como o Anel foi parar nas mãos de Frodo? Durante boa parte da narrativa, esta pergunta não é respondida, pelo menos para os leitores que não leram a obra anterior de

---

47 O título, já traduzido para o português, é *A canção dos Nibelungos* (São Paulo: Martins Fontes, 2001). Este livro, de autor anônimo, reúne histórias e feitos heroicos de uma tribo germânica, tendo sido registrado por escrito na Idade Média (cerca de 1200). MOWATT. *The Nibelungenlied*. Dover Thrift Editions, 1999.

Tolkien.[48] No início da narrativa, Gandalf fala com Frodo sobre o Anel e lhe revela seu poder e importância, uma vez que o Senhor das Trevas, Sauron, retornou à Terra-Média porque precisa do Um Anel para reativar seu poder total e sua forma física. A forma semicompleta de Sauron é a de um gigantesco olho de fogo no topo de uma torre nas terras de Mordor. Frodo, sem entender ao certo o que está por vir, ou qual é sua função nessa história, pergunta a Gandalf qual a história do Um Anel, e este lhe conta que o artefato tem vontade própria – podendo ser considerado quase um personagem da narrativa.

> — Havia mais que um poder em ação, Frodo. O Anel estava tentando voltar para seu mestre. Tinha escorregado da mão de Isildur e o traíra; depois, quando houve uma chance, pegou o pobre Déagol, e este foi assassinado; e depois disso Gollum, e o Anel o devorou. Não podia mais fazer uso dele: Gollum era pequeno e mesquinho demais, e enquanto permanecesse com ele o anel jamais deixaria o lago escuro. Então nesse momento, quando seu mestre estava novamente acordado e enviando seu pensamento escuro da Floresta das Trevas, ele abandonou Gollum. Para ser apanhado pela pessoa mais improvável que se poderia imaginar: Bilbo, do Condado.
>
> — Por trás disso havia algo mais em ação, além de qualquer desígnio de quem fez o Anel. Não posso dizer de modo mais direto: Bilbo estava designado a encontrar o Anel, e não por quem o fez. Nesse caso

---

48 TOLKIEN, J. R. R. O *Hobbit*. São Paulo: Martins Fontes, 1998.

> você também estava designado a possuí-lo. E este pode ser um pensamento encorajador.
>
> — Mas não é — disse Frodo. — Embora eu não tenha certeza de que entendi o que me contou.[49]

Por esta história do Anel, percebemos sua vontade própria, mesmo que ela não se realize todas as vezes, como no caso de Bilbo e Frodo como portadores do Anel (quando ele caiu praticamente por acaso em suas mãos); tirando isso, ele escolhe com quem vai ficar. Pois bem, Frodo sabe de sua função (destruir o Um Anel), sabe da importância desta ação (acabar com a guerra e não permitir o retorno de Sauron à Terra-Média) e sabe que o fardo não pode ser transportado por mais ninguém, só ele pode usar e destruir o Anel, embora, durante a narrativa, ele tente passar a missão a outras pessoas, entrando em conflito consigo mesmo e gerando ambiguidade interna e externa. Este modo de agir e de pensar é um retrato da modernidade e do herói moderno do romance.

Mas qual o perigo do Anel? Todos aqueles que estiveram perto dele ou o tiveram nas mãos cometeram atos horríveis (Sméagol matou seu próprio irmão para ficar com o Anel). Qualquer ser que vê o Anel o quer para si, uma vontade incontrolável toma conta do personagem e este tenderá a fazer qualquer coisa para tê-lo. Vejamos agora uma importante passagem, quando os personagens estão se encaminhando para Mordor (com a finalidade de destruir o Anel, uma vez que este só pode ser destruído no mesmo lugar onde foi feito, na Montanha da Perdição, nas terras de Sauron):

---

49 TOLKIEN, J. R. R. O *Senhor dos Anéis*, vol.I: A *sociedade do anel*. São Paulo: Martins Fontes, 1999, p. 57-58.

[Frodo] Teve a estranha sensação de que havia alguma coisa atrás dele, de que olhos hostis estavam sobre ele, mas, para sua surpresa, tudo o que viu foi Boromir, com um rosto sorridente e gentil.

— Estava preocupado com você, Frodo — disse ele, chegando mais perto. — Se Aragorn tem razão e os orcs estiverem nas proximidades, então nenhum de nós deve vagar sozinho, e você menos ainda: muita coisa depende de você. E meu coração também está pesado. Posso ficar agora e conversar um pouco, já que o encontrei? Isso me consolaria. Onde há muita gente, qualquer conversa se torna um debate sem fim. Mas duas pessoas juntas podem talvez encontrar a sabedoria.

— Você é gentil — respondeu Frodo. — Mas não acho que conversa alguma possa me ajudar. Pois sei o que devo fazer, mas tenho medo de fazê-lo, Boromir: tenho medo.

Boromir ficou em silêncio. As Cataratas de Rauros continuavam rugindo infinitamente. O vento murmurava nos galhos das árvores. Frodo tremeu. De repente, Boromir se aproximou e sentou-se ao lado dele.

— Tem certeza de que não está sofrendo sem necessidade? — disse ele. — Quero ajudá-lo. Você precisa de um conselho nessa difícil escolha. Aceita o meu?

— Acho que já sei que tipo de conselho você vai me oferecer, Boromir — disse Frodo. — E eu poderia considerá-lo um sábio conselho, se não fosse pela advertência do meu coração.

— Advertência? Advertência contra quê? — disse Boromir abruptamente.

— Contra a demora. Contra o caminho que parece mais fácil. Contra a recusa do fardo que é colocado sobre meus ombros. Contra... Bem, é melhor que eu diga, contra a confiança na força e na sinceridade dos homens.

— Apesar disso, essa força vem por muito tempo protegendo vocês em seu pequeno país, embora não soubessem disso.

— Não duvido do valor de seu povo. Mas o mundo está mudando. As muralhas de Minas Tirith podem ser fortes, mas não são fortes o suficiente. Se não agüentarem, o que pode acontecer?

— Pereceremos na batalha, valorosamente. Mas ainda existe esperança de que elas agüentem.

— Não há esperança enquanto o Anel continuar existindo — disse Frodo.

— Ah! O Anel — disse Boromir, com os olhos faiscando. — O Anel! Não é um destino estranho nós sofrermos tanto medo e dúvida por uma coisa tão pequena? Uma coisa tão pequena! E eu o vi apenas por um instante na Casa de Elrond. Poderia vê-lo um pouco outra vez?

Frodo levantou os olhos. De repente, seu coração gelou. Captou o brilho estranho no olhar de Boromir, apesar de seu rosto ainda se manter gentil e amigável.

— É melhor que ele fique escondido — respondeu ele.

— Como quiser. Não me preocupo — disse Boromir. — Mas não posso nem falar dele? Pois você parece estar sempre pensando só no poder do Anel nas mãos do Inimigo: em seus usos maléficos, e não nos bons. O mundo está mudando, você diz. Minas Tirith vai perecer, se o Anel perdurar. Mas por quê? Certamente seria assim se o Anel estivesse com o Inimigo. Mas por quê, se estivesse conosco?

— Você não estava no Conselho? — respondeu Frodo. — Porque não podemos usá-lo, e porque o que é feito com ele se transforma em malefício.

Boromir levantou-se e ficou andando de um lado para outro, impaciente.

— Você continua dizendo isso — exclamou ele. — Gandalf, Elrond... todos esses lhe ensinaram a falar desse modo. Em relação a eles próprios, podem estar certos. Esses elfos e meio-elfos e magos, eles talvez fracassassem. Apesar disso, ainda tenho dúvidas se são sábios, e não apenas tímidos. Mas cada um é do seu modo. Homens de coração sincero, estes não serão corrompidos. Nós, de Minas Tirith, temos permanecido firmes através de longos anos de provações. Não desejamos o poder dos senhores dos magos, só a força para nos defendermos, a força numa causa justa. E veja! Em nossa necessidade, o acaso traz à luz o Anel de Poder. É uma dádiva, eu digo; uma dádiva aos inimigos de Mordor. É loucura não fazer uso dela, não usar o poder do Inimigo contra ele mesmo. Os corajosos, os destemidos, só estes conseguirão a vitória. O que não poderia fazer um guerreiro nesta hora, um grande líder? O que Aragorn não poderia fazer? Ou, se ele se recusar, por que não Boromir? O Anel poderia me dar poder de Comando. Como eu poderia rechaçar os exércitos de Mordor, e todos os homens seguiriam minha bandeira!

Boromir andava para cima e para baixo, falando cada vez mais alto. Parecia quase que tinha esquecido de Frodo, enquanto sua fala se detinha em muralhas e armas, e no ajuntamento de tropas de homens; fazia planos para grandes alianças e gloriosas vitórias futuras; e destruía Mordor e se tornava um rei poderoso, benevolente e sábio. De repente, parou e agitou os braços.

— E eles nos dizem para jogá-lo fora! — gritou ele. — Não digo destruí-lo. Isso seria bom, se racionalmente pudéssemos ter alguma esperança de fazê-lo. Mas não podemos. O único plano proposto é que um pequeno deva andar cegamente para dentro de Mordor e oferecer ao Inimigo todas as chances de recapturá-lo. Loucura!

— Certamente você está entendendo, meu amigo? — disse ele, voltando-se agora de repente para Frodo outra vez. — Você diz que está com medo. Se é assim, os mais corajosos devem perdoá-lo. Mas não seria na verdade o seu bom senso que se revolta?

— Não, estou com medo — disse Frodo. — Simplesmente com medo. Mas estou feliz por ter ouvido você falar tão abertamente. Minha mente agora está menos confusa.

— Então você virá para Minas Tirith? — gritou Boromir, com os olhos brilhando e o rosto ansioso.

— Você não está me entendendo — disse Frodo.

— Mas você virá, pelo menos por um tempo? — persistiu Boromir. — Minha cidade não está longe agora, e a distância de lá até Mordor é um pouco maior do que se partíssemos daqui. Faz tempo que estamos viajando por lugares desertos, e você precisa saber o que o Inimigo está fazendo antes de tomar uma decisão. Venha comigo, Frodo — disse ele. — Você precisa descansar antes de sua aventura, se é que precisa mesmo ir. — Colocou a mão no ombro do hobbit de um modo amigável, mas Frodo sentiu a mão tremendo com uma agitação contida. Deu um passo abrupto para trás, e olhou alarmado para aquele homem alto, com quase o dobro de seu tamanho e muitas vezes mais forte que ele.

— Por que essa hostilidade? — perguntou Boromir. — Sou um homem sincero. Não sou ladrão nem perseguidor. Preciso de seu Anel: agora você já sabe; mas dou-lhe minha palavra de que não pretendo ficar com ele. Você não permitiria pelo menos que eu tentasse pôr em prática meu plano? Empreste-me o Anel!

— Não! Não! — gritou Frodo. — O Conselho designou-me como Portador.

— É por nossa própria tolice que o Inimigo vai nos derrotar — gritou Boromir. — Isso me enfurece! Tolo! Tolo obstinado! Correndo de livre e espontânea vontade em direção à morte, e arruinando nossa causa. Se algum mortal tem o direito de reivindicar o Anel, esse direito pertence aos homens de Númenor, e não aos pequenos. O direito não é seu, exceto por um acaso infeliz. Podia ter sido meu. Devia ser meu. Dê-me o Anel!

Frodo não respondeu, mas se afastou até que a grande pedra plana ficasse entre eles.

— Vamos, vamos, meu amigo! — disse Boromir numa voz mais suave. — Por que não se livrar dele? Por que não se libertar de sua dúvida e de seu medo? Você pode colocar a culpa em mim, se quiser. Pode dizer que eu sou forte demais e o tomei à força. Porque eu sou forte demais para você, pequeno — gritou ele, e de repente subiu na pedra e saltou sobre Frodo.

Seu rosto belo e agradável estava terrivelmente transformado; um fogo feroz lhe queimava os olhos.

Frodo recuou e outra vez a pedra ficou entre os dois. Só havia uma coisa a fazer: tremendo, tirou o Anel da corrente e colocou-o depressa no dedo, no exato momento em que Boromir saltava de novo em sua direção.

O homem ficou atônito, olhando surpreso por um momento, e depois correu em volta do lugar, ensandecido, procurando aqui e ali por entre as rochas e árvores.

— Trapaceiro miserável! — gritou ele. — Deixe-me colocar as mãos em você! Agora entendo o que pretende. Levará o Anel para Sauron e nos venderá a todos. Só estava esperando uma oportunidade para nos deixar em apuros. Amaldiçôo você e todos os pequenos com a morte e a escuridão!

Então, tropeçando numa pedra, caiu e esparramou-se de rosto no chão. Por um momento, ficou parado como se sua própria praga o tivesse atingido; depois, de repente, começou a chorar. Levantou-se passando a mão nos olhos, limpando as lágrimas.

— O que eu disse? — gritou ele. — O que eu fiz? Frodo, Frodo! — chamou ele. — Volte! Uma loucura tomou conta de mim, mas já passou. Volte!

Não houve resposta. Frodo nem ouviu seus gritos. Já estava longe, saltando cegamente pela trilha, em direção ao topo da colina. Estava atormentado de pavor e tristeza, vendo em pensamento o rosto louco e enfurecido de Boromir, e seus olhos flamejantes.[50]

---

50 *Ibidem*, p. 423-426.

Boromir acompanhava Frodo e seus três amigos hobbits (Merry, Pippin e Sam), juntamente com Gandalf, Legolas (o elfo), Gimli (o anão) e Aragaron (o humano); este grupo compunha a comitiva, heróis que se conglomeraram para escoltar o portador do Anel até Mordor. Logo, a função de Boromir era proteger Frodo e garantir que o Anel fosse destruído. Missão que ele cumpre muito bem até este momento, até se ver sozinho com o Anel, tendo o pequeno e indefeso Frodo entre eles.

Nesta passagem, podemos perceber a força que o Um Anel exerce sobre todas as mentes e corpos, fazendo com que amigos se ataquem e se tornem inimigos mortais. Isso até que o Anel some de vista, porque, então, aquela força some também, e o personagem volta a ser quem sempre foi. A tentação que o Anel exerce se deve à possibilidade de poder que ele representa, segundo percebemos na narrativa: quem possuir o Um Anel se torna o ser mais poderoso da Terra-Média. Porém, Frodo e Bilbo, que utilizam o Um Anel durante a narrativa, ganham somente o poder de se tornar invisíveis. O autor não nos fornece muitas pistas para entender o funcionamento do Um Anel e nem se ele proporcionaria poderes diferentes nas mãos de outros personagens ou se o poder varia de pessoa para pessoa.

O que sabemos é que ele representa uma fonte de poder capaz de resolver uma guerra, como Boromir nos mostrou na passagem acima. A aura de dubiedade ou de falsa verdade, em que a sedução não se justifica, é bem típica da modernidade. É quase como se os personagens estivessem cegos e não pudessem ver o que o Anel realmente é, e só pudessem captar sua representação de um poder absoluto. Esta crítica é tecida por Tolkien de forma contundente em seu próprio contexto – o da modernidade e da Segunda Guerra Mundial –, de forma que trabalharemos estas representações mais à frente no texto. Agora, o importante é discutirmos a representação do Anel em si. Assim como Sauron, o Anel é vazio, não é nada em si; ele é somente a sua representação, e ela é muito mais forte do que a própria realidade. Por isso, talvez, Tolkien tenha criado Sauron como um ser que só se completa e adquire forma corpórea em junção com o Um Anel.

Um pouco mais à frente na narrativa, Boromir consegue reverter sua ação anterior (de tentar roubar o Um Anel de Frodo); vamos investigar como ele consegue se redimir de ter caído em tentação pela sedução do poder. Esta aura de pecado que se constrói ao redor de Boromir (ou de quem cai em tentação pela sedução do poder representada pelo Anel) será muito importante para captarmos na completude as interpretações que faremos mais à frente. Pois bem, vejamos outra passagem:

> A uma milha, talvez, do Parth Galen, numa pequena clareira não muito distante do lago, [Aragorn] encontrou Boromir. Estava sentado e recostado numa grande árvore, como se descansasse. Mas Aragorn viu que ele estava perfurado por muitas flechas com plumas negras; ainda se via a espada em sua mão, mas estava quebrada perto do punho. A corneta, partida em duas, descansava ao seu lado. Viu muitos orcs abatidos, empilhados em toda a volta e aos pés de Boromir.
>
> Aragorn ajoelhou-se ao lado dele. Boromir, abrindo os olhos, esforçava-se para falar. Finalmente, lentas palavras afloraram. — Tentei tirar o Anel de Frodo — disse ele. — Sinto muito. Paguei por isso. — Seu olhar desviou para os inimigos caídos; pelo menos vinte. — Eles se foram; os Pequenos; os orcs

> os levaram. Acho que não estão mortos. — Fez uma pausa na qual seus olhos se fecharam de cansaço. Depois de um momento, falou outra vez.
>
> — Adeus, Aragorn! Vá para Minas Tirith e salve meu povo! Eu falhei.
>
> — Não! — disse Aragorn, pegando-lhe a mão e beijando sua fronte. Você venceu. Poucos conseguiram tal vitória. Fique em paz! Minas Tirith não sucumbirá!
>
> Boromir sorriu.[51]

Boromir consegue se redimir, oferecendo sua vida em troca da redenção: o sacrifício libera o personagem do peso do pecado. Ou seja, ele resgata uma virtude, a do altruísmo, em nome de uma causa maior, a vitória do bem sobre o mal, e, desta forma, recebe o perdão.

A simbologia do Anel pode ser estudada por diversas vertentes, mas exploraremos aqui a constituição desta representação no interior da obra para compreendermos esta construção como uma mensagem que não acaba na obra, ou que não se limita ao mundo ficcional. Durante a narrativa, nem mesmo os personagens sabem ao certo o poder do Anel, até mesmo Gandalf, talvez o mago mais sábio de toda a Terra-Média. A principal informação relativa ao Um Anel que aparece no texto diz respeito ao medo, medo do que ele pode causar, medo do que pode acontecer se ele cair nas mãos do inimigo. Em um diálogo no início da narrativa, Gandalf avisa Frodo dos perigos do Anel que ele carrega:

> (...) Que isso fique como um aviso para você, para que tome cuidado com ele. Esse anel pode ter mais

51 TOLKIEN, J. R. R. *Op. cit.*, vol. II, p. 6-7.

> poderes do que simplesmente fazer você desaparecer quando desejar.
>
> — Não entendo — disse Frodo.[52]

Um pouco mais à frente na narrativa, Gandalf retorna ao Condado e termina sua conversa com Frodo:

> [Frodo] Você diz que o Anel é muito perigoso, muito mais perigoso do que eu imagino. De que maneira?
>
> — De muitas maneiras – respondeu o mago. — Ele é muito mais poderodo do que jamais ousei pensar no início, tão poderoso que no final poderia literalmente dominar qualquer um da raça dos mortais que o possuísse. O Anel o possuiria.[53]

Após jogar o Anel no fogo, por orientação de Gandalf, certas inscrições saltam, em vermelho reluzente, com os dizeres: "Um Anel para a todos governar, Um Anel para encontrá-los, Um Anel para a todos trazer e na escuridão aprisioná-los".[54] Logo, percebemos que não há nenhum comentário sobre o poder do Anel em si, mas, sim, um forte desejo de possuí-lo, como se o poder, ou o próprio artefato, ludibriasse os personagens, levando-os a querer pegá-lo, não importa o que custe, sem nenhuma promessa de resultado. Podemos perceber esta falta de razão ou de lógica intrínseca ao Anel em uma passagem em que Frodo está sendo perseguido pelos Cavaleiros Negros, ainda no início da narrativa, e sente vontade de utilizá-lo. Mesmo sabendo

---

52 TOLKIEN, J. R. R. *Op. cit.*, vol. I, p. 41.

53 *Ibidem*, p. 48.

54 *Ibidem*, p. 52.

que ele não salvará sua vida, ou que não lhe dará poderes para se livrar do mal, seu corpo parece agir sozinho ao encontro do Anel.

> Um medo repentino e insensato de ser descoberto tomou conta de Frodo, que pensou no Anel. Mal ousava respirar, e mesmo assim a vontade de retirá-lo do bolso se tornou tão forte que sua mão começou lentamente a se mover. Sentia que era só colocá-lo, e ficaria a salvo.[55]

A ideia de insensatez que gira em torno do Anel e do poder de sedução exercido por ele sobre os personagens é exatamente seu elemento de crítica. Uma vez que os personagens se veem praticamente impossibilitados de resistir ao poder de sedução do Anel, mas não sabem o porquê da sedução, que o autor tampouco nos explica, ele se torna totalmente virtual, representacional. Um ponto para o qual devemos atentar é o do uso que os personagens farão do seu poder vazio, caso o possuíssem. Em todas as passagens deste tipo na narrativa, os personagens que tentam obter ou utilizar o Anel têm um objetivo comum: a batalha. Seja para se defender ou para atacar, o Anel está sempre vinculado à guerra, uma sonhada vitória que viria somente com a posse dele. O problema é que esta ideia é vazia, enganadora, e por isso o Anel deve ser destruído. Somente um ser pode se beneficiar com ele: Sauron, o Senhor das Trevas.

Não existe poder no Anel, pelo menos não um poder que possa ser utilizado pelos personagens na prática. O real poder do Anel é seduzir, para que seja feita a sua vontade, de retornar às mãos de seu mestre e criador. Para conseguir que alguém o leve a Sauron, ele cria ilusões na mente dos personagens, ilusões de vitória, de verdade etc.

---

55 *Ibidem*, p. 77.

Esta construção pode ser relacionada diretamente com as críticas de Adorno e Horkheimer[56] à razão e seu valor na sociedade ocidental, utilizando para isso uma comparação entre a mitologia grega antiga e os fundamentos da magia. Este contraponto com a magia foi muito fecundo e interessante para este estudo, pois vai ao encontro da crítica de Tolkien à modernidade e à tecnologia. Mas a comparação de Adorno e Horkheimer visa estabelecer um paralelo da razão com a magia, na medida em que ambas tinham como objetivo o ato de dominar o real, no sentido de conhecer seu funcionamento. Segundo a análise dos autores da Escola de Frankfurt, a passagem da magia para a razão marca, ao mesmo tempo, uma evolução do pensamento e a morte de uma forma de compreender e interpretar o mundo. A crítica segue, utilizando como base o contraponto com o mito, que a razão substitui. O importante aqui é percebermos a crítica à razão e aos supostos avanços ligados a ela (tecnologias e máquinas), ao mesmo tempo em que a magia aparece como contraponto e elemento superado. Mas a magia representa um papel importante neste processo, pois retoma a ideia de sedução pelo poder, que é intrínseca a ela e que é "emprestada" à razão.

Para percebermos como esta vontade é mais forte que a consciência ou a razão dos personagens, vamos acompanhar um momento da narrativa, em que os quatros hobbits (Frodo, Sam, Merry e Pippin) estão seguindo rumo a Valfenda para encontrar Gandalf e se deparam com um ataque dos Cavaleiros Negros (ex-reis humanos que agora estão a serviço de Sauron, por terem escolhido usar o anel do poder fabricado pelo Senhor das Trevas):

---

56 ADORNO, Theodor W. & HORKHEIMER, Max. *Dialética do esclarecimento*. Rio de Janeiro: Zahar , 1985.

> Pippin e Merry, tomados de terror, jogaram-se no chão. Sam se encolheu ao lado de Frodo. Frodo estava quase tão apavorado quanto seus companheiros; tremia como se sentisse um frio intenso, mas seu medo foi engolido por uma tentação repentina de colocar o Anel. O desejo de fazer isso tomou conta de sua mente, que não lhe permitia pensar em mais nada. Não esquecera o Túmulo, nem a mensagem de Gandalf —, mas alguma coisa parecia forçá-lo a desconsiderar todas as advertências, e ele desejava ceder. Não com a esperança de escapar, ou de fazer qualquer coisa, boa ou má: simplesmente sentia que deveria pegar o Anel e colocá-lo no dedo.[57]

Assim que coloca o Anel, o efeito é totalmente diferente do esperado: toda a salvação prometida pelo artefato se mostra falsa e virtual, pois, ao colocá-lo, Frodo fica mais visível para seus inimigos, como se brilhasse para eles e, ao mesmo tempo, ele pode ver a verdadeira face dos Cavaleiros Negros, que "se tornaram terrivelmente claras".[58] Ao colocar o Anel, Frodo passou a ver o mundo exatamente como os personagens do mal o viam, os cavaleiros se revelaram como seres de rostos extremamente brancos, com "olhos agudos e impiedosos; sob as capas havia grandes túnicas cinzentas; sobre os cabelos cinzentos, elmos de prata; nas mãos magras, espadas de aço".[59] Após ver e ser visto pelo inimigo, Frodo é atacado e leva um golpe quase fatal no ombro, e só acorda em Valfenda, uma terra protegida

---

57 TOLKIEN, J. R. R. *Op. cit.*, vol. I, p. 207.

58 *Ibidem.*

59 *Ibidem.*

pelo elfo Elrond. Logo, vemos que a promessa que o Um Anel fez a Frodo era falsa, mas não só falsa, ela era totalmente oposta: em vez de dar-lhe condições de fugir ou lutar contra o inimigo, ele só o tornou mais vulnerável.

Existe um personagem na narrativa que fica muitos e muitos anos em posse do Um Anel. Sméagol, ou Gollum, como ele passa a ser chamado depois de conviver com o Anel, perde quase totalmente sua humanidade. A história de Sméagol é a seguinte: ele e seu irmão, Déagol, encontraram o Um Anel à beira de um rio e brigaram pela posse do artefato, briga esta que gerou a morte de Déagol. Smeágol, atormentado por ter matado seu irmão, se escondeu por anos em uma caverna, até que Bilbo o encontrou e lhe roubou o Anel. Depois disso, Sméagol ficou procurando o artefato de seu desejo, que, aliás, ele chama de "meu Precioso". A relação deste personagem com o Anel é extremamente dúbia e complexa – não é a toa que este personagem tem dois nomes, pois são praticamente duas pessoas habitando o mesmo corpo, a mesma mente. Uma pessoa um pouco mais humana, ou que preserva o pouco de humanidade (Sméagol) e outra pessoa mais malévola e que busca apenas ter o Anel para si (Gollum).

A dubiedade do personagem com relação a si mesmo é muito explorada na obra, mostrando a confusão que habita a mente de Gollum. Em certos momentos, ele até discute consigo mesmo antes de decidir o que vai fazer; outras vezes, um dos lados tenta convencê-lo a tomar certas atitudes. Selecionamos uma passagem em que fica clara esta relação de dois personagens na mesma figura. Atentemos para a forma como se constrói esta relação no texto.

> — Peixxe, peixxe bonzinho. A Cara Branca desapareceu, meu Precioso, até que enfim, é sim. Agora podemos comer peixe em paz. Não, não em paz,

> Precioso. Pois o Precioso está perdido, é sim, perdido. Hobbits sujos, hobbits malvados. Foram e nos deixaram, *gollum*; e o Precioso se foi. Só o pobre Sméagol sozinho. Não, Precioso, homens maus vão pegá-lo, roubar meu Precioso. Ladrões. Nós odeia eles. Peixxe, peixxe bonzinho. Nos deixa forte, com os olhos atentos e os dedos ágeis, é sim. Estrangular eles, Precioso. Estrangular todos eles, é sim, se nós tiver uma chance. Peixxes bonzinhos, peixxess bonzinhos.[60]

Gollum estava ajudando Sam e Frodo a adentrar os terrenos de Mordor para que Frodo destruísse o Anel (o que parece bem ambíguo a princípio, mas, no fundo, Gollum pretende separar os dois hobbits e roubar o Anel para si novamente). Na passagem acima, ele havia se separado dos hobbits e inicia sua fala lamentando a separação, mas, depois, o "outro lado" consegue convencê-lo de que o melhor a fazer é matar os dois e retomar o Anel.

Além de representar a ambiguidade em si, Gollum nos revela mais uma faceta da crítica de Tolkien à modernidade: a perda de humanidade. Podemos perceber como este personagem perdeu sua humanidade por se relacionar, por um longo tempo, com o Anel, em uma passagem em que Gandalf conta a Frodo o que descobriu sobre Gollum:

> — Os elfos da Floresta o procuraram primeiro, uma tarefa fácil para eles, pois seu rastro ainda era recente nessa época. Seguiram-no através da Floresta das Trevas e de volta novamente, embora não tenham conseguido capturá-lo. A Floresta

60 TOLKIEN, J. R. R. *Op. cit.*, vol. II, p. 441.

> estava cheia de rumores sobre ele, contos terríveis, mesmo para animais e pássaros. Os homens da Floresta disseram que havia algo diferente e terrível, um fantasma que bebia sangue. Subia nas árvores para procurar ninhos; se arrastava dentro de tocas para encontrar filhotes; escorregava através das janelas para procurar berços.[61]

Gollum é construído como símbolo do processo de perda da humanidade pela sedução de poder que o Um Anel representa na narrativa. Ou seja, se deixar seduzir pelo poder do Anel tira a humanidade dos personagens. Tolkien constrói esta representação por meio de ações como comer carne crua, beber sangue, comer crianças e animais indefesos. Este aspecto grotesco não é a única caracterização da perda de humanidade, mas uma de suas faces. A perda descrita por Tolkien pode ser encontrada também no personagem principal, Frodo, embora de modo muito mais sutil.

Quase no final da narrativa, quando Frodo e Sam estão aos pés da Montanha da Perdição, Sam pergunta a Frodo se ele se lembra de algumas das coisas das quais eles mais gostam:

> — O senhor se lembra daquela porção de coelho, Sr. Frodo? — disse ele. — E do nosso lugar sob o abrigo quente do barranco na terra do Capitão Faramir, no dia em que vi um olifante?
>
> — Não, receio que não, Sam — disse Frodo. — Pelo menos, sei que essas coisas aconteceram, mas não consigo vê-las em minha mente. Nem sentir o gosto de comida, nem a sensação da água, nem ouvir o

61 TOLKIEN, J. R. R. *Op. cit.*, vol. I, p. 60.

> som do vento. Nem me lembrar de árvore ou grama ou flor, nenhuma imagem de lua ou estrela me resta. Estou nu no escuro, Sam, e nenhum véu se coloca entre mim e a roda de fogo. Começo a vê-la até com os olhos despertos, e todo o resto desaparece.[62]

Frodo ficou muito tempo com o Um Anel pendurado em seu pescoço e, portanto, foi perdendo tudo o que o tonava humano, as sensações e os sentimentos, restando-lhe apenas o vazio de estar nu no escuro. Quando finalmente Frodo chega à entrada da Montanha da Perdição, com a preciosa ajuda de Sam, ele não consegue jogar o Anel na lava que o destruiria; ele para e, olhando para o Um Anel, cai na sedução de seu poder. Neste momento, ironicamente, aparece Gollum tentando roubar o Anel das mãos de Frodo. Após ambos lutarem ferozmente pela posse do Anel, Gollum cai na lava da montanha, com o Um Anel em suas mãos, morrendo e propiciando a destruição do Um Anel. É o fim da guerra e do ser mais desumanizado pela sedução do poder.

Quando falamos que podemos perceber um processo de desumanização nestes dois personagens é porque eles perdem, ao longo da narrativa, o que, para Tolkien, definia um humano. Mas, afinal, qual é essa definição?

Para responder a esta questão, teremos de examinar trechos de uma longa carta que Tolkien escreveu em 1956, em resposta ao editor no jornal *New Republic*, Michael Straight, que lhe fizera várias perguntas: 1) se Gollum carregava algum significado; 2) o que significava o fracasso moral de Frodo diante do poder de sedução do Anel; 3) se o Condado seria uma alegoria da Inglaterra, e 4) se a partida de Frodo,

---

62 TOLKIEN, J. R. R. *Op. cit.*, vol. III, p. 311.

ao final da obra, representaria a crença do autor de que aqueles que ganham não podem desfrutar da vitória. Vejamos o que nos interessa em cada resposta a esta carta.

Primeiro examinaremos o que Tolkien pontua sobre o personagem Gollum e sua representação na obra:

> Gollum para mim é apenas um "personagem" – uma pessoa imaginada – que, dada a situação, agiu deste e daquele modo sob tensões opostas, como parece ser provável que ele agiria (há sempre um elemento incalculável em qualquer indivíduo real ou imaginado: do contrário ele/ela não seria um indivíduo, mas um "tipo").[63]

Ou seja, Gollum é, para Tolkien, o que há de mais moderno em sua obra, uma vez que entendemos o homem moderno como algo volátil, mutável e inconstante, como já definido anteriormente. Podemos perceber nesta resposta, também, a vontade do autor de que seus personagens fossem reais, mais próximos da realidade de quem lê, mais próximos do mundo em que ele e seus leitores vivem. Devemos agora partir para a segunda resposta da carta, sobre o significado do fracasso moral de Frodo:

> A cena final da Busca foi assim formada simplesmente porque, por dizerem respeito à situação e aos "caracteres" de Frodo, Sam e Gollum, aqueles eventos pareceram-me mecânica, moral e psicologicamente críveis. Mas é claro que, se o senhor quiser mais reflexão, devo dizer que dentro do modo da história a "catástrofe" exemplifica (um aspecto das) palavras familiares: "Perdoai as nossas ofensas, assim como nós perdoamos aqueles que nos têm ofendido. Não nos deixeis cair em tentação, mas livrai-nos do mal".
>
> "Não nos deixeis cair em tentação etc." é a súplica mais difícil e a considerada com menos freqüência. A idéia, nos termos da minha história, é de que, embora cada evento ou situação possua

63 CARPENTER, Humphrey. *Op. cit.*, p. 224.

(pelo menos) dois aspectos – a história e o desenvolvimento do indivíduo (é algo do qual ele pode obter o bem, o bem último, para si mesmo ou falhar em sua obtenção) e a história do mundo (que depende das ações do indivíduo para seu próprio bem) –, há ainda situações anormais nas quais é possível ser colocado. Eu as chamaria de situações "sacrificiais": isto é, posições nas quais o "bem" do mundo depende do comportamento de um indivíduo em circunstâncias que exigem dele sofrimento e resistência muito além do normal – até mesmo, pode acontecer (ou parecer, humanamente falando), demandam uma força de corpo e mente que ele não possui: ele está, de certa forma, fadado a falhar, fadado a cair em tentação ou a ser destruído pela pressão contra sua "vontade": isto é, contra qualquer escolha que ele poderia fazer ou faria desimpedido, não sob a coerção.

Frodo estava em tal posição: uma armadilha aparentemente completa; uma pessoa de maior poder inato provavelmente jamais poderia ter resistido à atração pelo poder do Anel por tanto tempo; uma pessoa de menos poder não poderia ter esperança de resistir a ele na decisão final. (Frodo já não estava disposto a danificar o Anel antes de partir, e foi incapaz de entregá-lo a Sam.)

A Busca estava fadada a falhar como uma parte do plano mundial e também estava destinada a terminar em desastre como a história do desenvolvimento do humilde Frodo ao "nobre", sua santificação. Falhar ela iria e falhou no que dizia respeito a Frodo levado em consideração sozinho. Ele "apostatou" – e recebi uma carta furiosa, protestando que ele deveria ter sido executado como um traidor, e não honrado. Acredite-me, foi somente quando li isso que tive alguma idéia do quão "tópica" tal situação pode parecer. Ela surgiu naturalmente do meu "enredo" concebido em um esboço principal em 1936. Não antevi que antes que a história fosse publicada entraríamos em uma era de trevas na qual as técnicas de tortura e de ruptura de personalidade rivalizariam com as de Mordor e do Anel e nos presenteariam com o problema prático de homens honestos de boa vontade transformados em apóstatas e traidores.

> Neste ponto, porém, a "salvação" do mundo e a própria "salvação" de Frodo é alcançada por sua piedade prévia e seu perdão aos ferimentos. Em qualquer momento, qualquer pessoa prudente teria dito a Frodo que Gollum certamente* (* Não bem "certamente". A falta de jeito de Sam em sua fidelidade foi o que finalmente levou Gollum a cometer tais atos, quando estava prestes a se arrepender.) o trairia e poderia roubá-lo no final. Ter "pena" dele, abster-se de matá-lo, foi uma insensatez, ou uma crença mística no valor-por-si-só fundamental da piedade e da generosidade, ainda que desastrosas no mundo temporal. Ele o roubou e o feriu no final – mas, por uma "graça", essa última traição ocorreu em uma junção precisa, quando a última má ação foi a coisa mais benéfica que alguém poderia ter feito por Frodo! Por uma situação criada por seu "perdão", ele próprio foi salvo e aliviado de seu fardo. Foram-lhe concedidas com muita justiça as mais altas honras – uma vez que está claro que ele e Sam nunca esconderam o preciso curso dos eventos. Não me importaria em indagar a respeito do julgamento final de Gollum. Isso seria investigar a "Goddes privitee" [o desígnio dos deuses], como diziam os medievais. Gollum era digno de pena, mas acabou em uma persistente perversidade, e o fato de que isso causou o bem não lhe dava crédito. Sua coragem e resistência maravilhosas, tão grandes ou maiores que as de Frodo e Sam, estando dedicadas ao mal, eram pressagiosas, mas não honoráveis. Temo que, quaisquer que sejam nossas crenças, temos de encarar o fato de que há pessoas que se rendem à tentação, rejeitam suas chances de nobreza ou de salvação e parecem ser "condenáveis". A "danação" delas não é mensurável nos termos do macrocosmo (onde pode causar o bem).[64]

Pois bem, percebendo diversos pontos importantes nesta parte da carta, vamos primeiro atentar para o peso que os valores morais carregam para Tolkien – são eles que mudam o mundo. Os valores morais são tidos como salvação pelo autor; a tentação é quase inevitável para

---

64 *Ibidem*, p. 224-225.

qualquer humano. Porém, quem consegue resistir a ela é santificado. Frodo é santificado não por destruir o Anel, pois não foi ele quem o fez, mas por ter tido piedade de Gollum, e é o fruto desta piedade que salva o mundo. Claro que, se Frodo e Sam não tivessem chegado às portas da Montanha da Perdição com o Um Anel, de nada teria adiantado a piedade de Frodo por Gollum. Logo, é um conjunto de fatores, todos ligados entre si pela moral, que leva os eventos ao desenlace. Por este motivo, foi possível que duas criaturas "humildes", pequenas e fracas (fisicamente) salvassem o mundo da dominação do mal. Estas virtudes morais já eram inatingíveis para Gollum, e quase o foram para Frodo. Desta forma, temos uma nova informação com relação ao humano para Tolkien: este é cheio de virtudes morais; sem elas, deixa de ser humano (deixa o bem e caminha para o mal). Era por este motivo que Frodo se sentia nu no escuro após ficar muito tempo com o Anel.

Resgatemos agora a análise que reservamos anteriormente: Gollum como personagem moderno. Pela descrição anterior, Frodo também o é. Todos eles caem em tentação, pois esta afeta a todos, segundo as palavras de Tolkien, e é extremamente difícil (quase impossível) resistir a ela. Assim sendo, o autor está criando uma explicação para a queda moderna, um processo pelo qual pessoas de bem, ou seja, com virtudes, se esvaziam e caem em tentação.

Agora nos resta, pelo menos, uma pergunta sem resposta ainda: o que significa a tentação? Ou melhor: no contexto específico de Tolkien, o que seria cair em tentação, e que tentação seria essa? Para esta problematização, devemos investigar quais eram as tentações que afligiam à humanidade no início do século XX. Esta é uma pergunta extremamente complexa e arriscada, mas tentaremos respondê-la no próximo capítulo.

Antes de avançarmos às próximas poblematizações, temos, ainda, algumas passagens desta importante carta a analisar. Tolkien inicia a correspondência com um discurso sobre as teorias, que na época eram muitas, de que OSdA seria uma alegoria da Europa pós-guerra. Vejamos:

> Caro Sr. Straight,
>
> Obrigado por sua carta. Espero que o senhor tenha apreciado O *Senhor dos Anéis*. Apreciado é a palavra-chave. Pois ele foi escrito para entreter (no sentido mais elevado): para ser agradável de se ler. Não há qualquer "alegoria" moral, política ou contemporânea na obra.
>
> É um "conto de fadas", mas um escrito – de acordo com a crença que certa vez expressei em um ensaio estendido "Sobre Contos de Fadas" de que são o público apropriado – para adultos. Porque acredito que o conto de fadas possui seu próprio modo de refletir a "verdade", diferente da alegoria, ou da sátira (tolerada), ou do "realismo", e de algumas maneiras mais poderoso. Mas, em primeiro lugar, deve ter sucesso apenas como uma história, instigar, agradar e até mesmo, no momento certo, comover, e dentro do seu próprio mundo imaginário conferir-lhe crédito (literário). Ter sucesso nisso foi meu objetivo primário.
>
> No entanto, é óbvio que, se a pessoa começa com a intenção de dirigir-se a "adultos" (pessoas mentalmente adultas, de qualquer modo), eles não ficarão satisfeitos, instigados ou comovidos a não ser que o todo, ou os incidentes, pareça ser sobre algo digno de consideração, como, por exemplo, algo mais do que mero perigo e fuga: deve haver alguma relevância à "situação humana" (de todos os períodos). Dessa maneira, alguma coisa das próprias reflexões e "valores" do contador inevitavelmente será inserida. Isso não é o mesmo que alegoria. Todos nós, em grupos ou como indivíduos, exemplificamos princípios gerais; mas não os representamos. Os Hobbits não são mais uma "alegoria" do que (digamos) o são os pigmeus da floresta africana.

> Não há uma referência especial à Inglaterra no "Condado" – exceto que, é claro, como um inglês criado em uma vila "quase rural" de Warwickshire às margens da próspera burguesia de Birmingham (por volta da época do Jubileu de Diamante!), consigo meus modelos como qualquer outra pessoa: da "vida" tal como a conheço. Contudo, não há uma referência pós-guerra.[65]

Para Tolkien, o conto de fadas apresenta maior poder de assimilação pela mente humana do que, por exemplo, o realismo, ou mesmo a história. Portanto, percebemos que ele não quer, de maneira nenhuma, que sua obra seja identificada como uma alegoria da Europa e de seu momento histórico específico. Mas isto não é um contradiscurso gratuito; ele tem intenções de desconstruir sua própria obra como alegoria. Existe uma frase-chave nesta carta, que abre todo o universo desta intenção e completa nossa problematização sobre sua obra: "Deve haver alguma relevância à 'situação humana' (de todos os períodos)". Ou seja, a obra deve ser atemporal e atingir diferentes gerações, pois ela trata de questões, na visão do autor, que vão além de um tempo específico. A tentação sempre existiu, a luta contra sua sedução também e a batalha do bem contra o mal acompanha a humanidade em toda sua história. Esta é a forma como Tolkien entende o mundo, o humano e a história.

Captar estes conceitos, que Tolkien tentou colocar em sua obra, é um processo importante para problematizarmos e discutirmos as construções no interior da narrativa. Uma vez que, segundo Michel Foucault, o contexto e as construções ficcionais do autor em sua obra fazem parte do mesmo texto,[66] por onde atravessam diversos discursos diferentes, devemos atentar para esta dinâmica na obra de Tolkien.

---

65 *Ibidem*, p. 223-224.

66 FOUCAULT, Michel. *O que é um autor?* Lisboa: Veja, 1992.

O que significa assumir que a obra carrega diversos elementos, que muitas vezes não são diretamente relacionados ou que podem ser até mesmo antagônicos. Porém, todos estes elementos concorrem para a formação de um discurso, com um foco específico. Pois bem, neste momento já podemos afirmar que OSdA é uma obra sobre tentações e sobre a importância de resistir a elas, pois desta resistência depende o destino da humanidade. Mesmo que ela seja praticada por um ser "humilde", aparentemente sem valor em si, por não ser um rei ou um mago superpoderoso.

Avancemos agora para a última pergunta, sobre se a partida de Frodo, ao final da obra, representaria uma crença do autor em que aqueles que ganham não podem desfrutar da vitória.

> Sim: creio que os "vitoriosos" jamais podem usufruir da "vitória" – não da maneira que contemplaram; e, na medida em que lutaram por algo para ser usufruído por eles próprios (quer por aquisição ou por mera preservação), menos satisfatória a "vitória" parecerá. Mas a partida dos Portadores dos Anéis possui ainda outro lado no tocante aos Três. Há, é claro, uma estrutura mitológica por trás dessa história. Ela na verdade foi escrita primeiro, e talvez agora possa ser em parte publicada.[67]

Por esta resposta temos mais uma pista do que é que torna as pessoas boas e humanas e do que significa a salvação perante a tentação do Anel. Na verdade, é mais uma virtude que transparece nesta passagem: altruísmo. Aqueles que lutam pela vitória do bem não podem estar comprometidos com o usufruto da vitória, lutam somente pelo que é certo, sem esperança de se aproveitar do resultado.

O que amarra tudo isso é a forma como estes elementos se encaixam na narrativa e como eles completam o sentido da história.

---

67 CARPENTER, Humphrey. *Op. cit.*, p. 225.

Todas as características dos personagens e do enredo constroem uma dinâmica que encaminha a narrativa para um sentido único. No final da mesma carta, Tolkien dá uma pista deste sentido. Após explicar por que alguns personagens deixaram-se cair em tentação, com a intenção de obter "certo poder sobre as coisas tal como são (o que é bastante distinto de arte), para tornar efetiva sua vontade particular de preservação – capturar a mudança e manter as coisas sempre novas e belas",[68] ele termina por justificar o porquê de ele não ter trabalhado certas histórias de outros personagens, pois estas não poderiam ser inseridas na narrativa principal "sem destruir a estrutura desta, que é planejada para ser 'hobbitocêntrica', isto é, primeiramente um estudo do enobrecimento (ou santificação) dos humildes".[69]

Ou seja, o próprio autor caracteriza sua obra como um estudo, não uma pura ficção, que busca entender por quais caminhos se dá o enobrecimento dos humildes. Nós já pudemos verificar e entender o processo de enobrecimento, que versa sobre como não cair em tentação e é o cerne da estrutura narrativa, segundo a visão do autor sobre sua obra. E pudemos, também, acompanhar uma investigação sobre os elementos da narrativa que fornecem pistas para justificar que Tolkien via sua obra como um estudo e não somente como literatura.[70]

Por fim, gostaríamos de utilizar a discussão sobre a representação do Anel para arriscar uma última interpretação, que extrapola a obra e se relaciona com o contexto da modernidade. Acreditamos que não é à toa que o objeto escolhido para representar o poder e a tentação da sedução pela modernidade seja um anel.

---

68 *Ibidem*, p. 224.

69 *Ibidem*, p. 225.

70 Vide Capítulo 1.

Se pensarmos que a vida moderna acaba por se constituir em um ciclo, teremos um vislumbre da escolha de um objeto circular para representar o poder de sedução da modernidade, a qual traz uma nova dinâmica para a vida social e, principalmente, para o trabalho. O ciclo inicia-se na construção de uma nova necessidade de consumo; em seguida, para adquiri-la, o cidadão deve trabalhar mais ou mesmo iniciar uma atividade de trabalho, se pensarmos no contexto dos séculos XVIII e XIX.[71] Logo, para convencer os cidadãos a aceitar este esquema de trabalho, é utilizada a sedução, que cria uma vontade de compra nos seres sociais; seduzidos pela tentação de poder (representado pela compra e pelo consumo), eles aceitam as condições de trabalho. Porém, como vimos, o mercado, assim como a modernidade, se renova constantemente em suas técnicas de sedução (novas tecnologias adquiríveis por grandes quantidades de dinheiro), para que assim a máquina continue girando. Logo, o ciclo se reinicia, adquirindo a forma de um círculo, um anel.

Esta concepção do processo pode até parecer simples e superficial, mas visa fomentar o debate sobre a constituição da modernidade e das funções sociais de suas representações no mundo contemporâneo.

71 Sobre as discussões relativas ao trabalho em fábricas, ver FOUCAULT, Michel. *Vigiar e punir*. Petrópolis: Vozes, 1987.

CAPÍTULO III

AS REPRESENTAÇÕES DA TECNOLOGIA NA OBRA DE TOLKIEN

A magia é a pura e simples inverdade, mas nela a dominação ainda não é negada, ao se colocar, transformada na pura verdade, como a base do mundo que a ela sucumbiu.

Adorno & Horkheimer

Todos os esforços para estetizar a política convergem para um ponto. Esse ponto é a Guerra.

Walter Benjamin

Um dos elementos que se torna muito presente nas cartas e na literatura de Tolkien é a crítica à tecnologia e, principalmente, à sua utilização. O próprio autor era extremamente avesso à tecnologia, de modo que possuía poucos utensílios tecnológicos em sua casa, e dava preferência, quando possível, ao transporte público, à bicicleta ou mesmo a andar a pé, evitando o uso de carro.[1] No interior de sua obra, Tolkien constrói diversos elementos que dialogam com seu contexto, suas experiências de vida e as mudanças sociais pelas quais passa a Inglaterra naquele momento, e que estão diretamente ligadas a um novo uso da tecnologia, na prática e enquanto representação.

---

1 WHITE, Michael. *Tolkien: uma biografia*. Rio de Janeiro: Imago, 2002.

Antes de iniciarmos nossa investigação sobre as representações da tecnologia na obra de Tolkien, vejamos, brevemente, o desenrolar de sua produção. A escrita da obra se inicia em 1937, como comenta o próprio autor em uma de suas cartas:

> Mas, se for verdade que O *Hobbit* veio para ficar e mais será desejado, começarei o processo de consideração e tentarei conseguir alguma idéia de um tema tirado desse material para um tratamento em um estilo similar e para um público similar.[2]

Esta carta foi escrita por Tolkien em resposta a Stanley Unwin, então presidente da editora Allen & Unwin, responsável pela publicação da primeira obra de Tolkien, O *Hobbit*, que serviu de base para O *Senhor dos Anéis*. Esta primeira obra foi um sucesso de público, como atestam as vendas, e gerou o interesse financeiro da editora em fomentar uma franquia O *Hobbit*. Aqui cabe, antes de prosseguirmos, uma discussão sobre indústria cultural, pois, como percebemos, adentramos ao obscuro mundo comercial dos livros.

Para Adorno e Horkheimer,[3] a indústria cultural subverte a razão iluminista para as massas, criando moldes de produtos e trazendo a cultura para o âmbito do consumo. Dialogando com o conceito do filósofo Walter Benjamin de "reprodutibilidade técnica",[4] os autores problematizam as novas dinâmicas relacionadas à cultura na primeira metade do século XX, quando a cultura ganhou *status* de indústria e se tornou um poderoso e lucrativo filão de mercado. Além disso, para os autores, o conceito de indústria cultural retira da cultura toda

---

2 CARPENTER, Humphrey. *The Letters of J.R.R. Tolkien*. Nova York: Houghton Milfin, 2000, p. 28.

3 HORKHEIMER, M.; ADORNO, T. W. *Indústria cultural e sociedade*. São Paulo: Paz e Terra, 2002.

4 BENJAMIN, Walter. *Obras escolhidas*, vol. III. São Paulo: Brasiliense, 2005.

a esfera crítica, tornando-a puro entretenimento, que aliena e tem a intenção de fazer com que os trabalhadores permaneçam pacificamente em suas atividades cotidianas, sem maiores reivindicações. Se seguirmos fielmente esta linha, analisaremos a obra de Tolkien puramente como fruto desta dinâmica, deste mercado da cultura que se concretizava desde finais do século XIX. Mas perceberemos, ao longo da leitura das cartas de Tolkien, que este paradigma é ressignificado por ele e sua obra ganha outro *status*, enquanto via de transmissão de ideias e de sua visão de mundo, criando uma relação complexa, onde a crítica existe, mesmo em meio a toda dinâmica comercial e ideológica da indústria cultural.

Muito embora percebamos que o autor tenha cedido a uma pressão da editora por uma continuação, típica deste modelo de indústria cultural, com o passar dos anos esta atitude com relação ao seu próprio material muda. Durante a guerra, principalmente entre os anos de 1943 e 1944, Tolkien estabelece uma relação nova com sua obra e com as mensagens que julga importante divulgar, pois sua relação com seu mundo estava mudando. Alguns anos mais tarde, já percebmos nosso autor manifestando uma forma diferente de se posicionar com relação à sua obra, pensando na função social que teria sua produção. Escrevendo ao mesmo Stanley Unwin, em 1947 (sete anos antes de conseguir publicar sua trilogia), ele responde a um questionamento sobre a importância de sua obra e as análises que, na época, a colocavam como alegoria do momento atual do mundo, e nos fornece elementos importantes para compreendermos a mudança do foco de sua escrita:

> Naturalmente, Alegoria e História convergem, encontram-se em algum lugar na Verdade, de modo que a única alegoria perfeitamente consistente é a vida real; e a única história completamente

> inteligível é uma alegoria. E descobre-se, mesmo na "literatura" humana imperfeita, que tanto quanto melhor e mais consistente for uma alegoria, mais facilmente ela pode ser lida "apenas como uma história"; e quanto melhor e mais intimamente tecida for uma história, mais facilmente aqueles com essa mentalidade podem encontrar alegorias nela. Mas as duas partem de extremidades opostas. É possível fazer o Anel uma alegoria de nossa própria época caso se queira: uma alegoria do destino inevitável que espera por todas as tentativas de derrotar o poder do mal com poder. Mas isso ocorre unicamente porque todo o poder, mágico ou mecânico, sempre trabalha desse modo. Não se pode escrever uma história sobre um anel mágico aparentemente simples sem que isso acabe surgindo, caso realmente se leve esse anel a sério e faça acontecer coisas que aconteceriam se tal objeto existisse.[5]

Um ponto muito importante desta carta, e para toda a análise da obra de Tolkien, é esse particular conceito de Verdade, com V maiúsculo mesmo. Ao relacionar história (como vida real) e alegoria (como ficção), ele chama o espaço de intersecção entre as duas (quando a vida real se torna uma alegoria de si mesma) de Verdade. Para ele, neste espaço as coisas são como devem ser (como veremos explicado em uma carta do autor mais à frente). Existe aqui uma forte influência da crença do autor na existência de uma verdade cristã, pontuada por ele próprio em suas cartas. Esta esfera religiosa da vida de Tolkien já foi amplamente discutida em outros estudos,[6] mas também entendemos que é possível identificar esta aura religiosa com um tipo de visão de arte fortemente difundida na modernidade (como veremos mais adiante).

Em 1947, Tolkien publica um artigo elaborado a partir de uma palestra realizada em Oxford em 1937, chamado "Sobre Contos de

---

5 CARPENTER, Humphrey. *Op. cit.*, p. 121.

6 WHITE, Michael. *Op. cit.*

Fadas" (*On Fairy-Stories*). Neste artigo, nosso autor busca delimitar um conceito de contos de fadas e evidenciar o poder de seu uso no mundo contemporâneo. Mas, antes de adentrar no tortuoso terreno da literatura de fadas, ele busca uma definição mais abrangente da própria expressão "contos de fadas". Para Tolkien, eles não são simplesmente histórias contadas por fadas ou que tenham fadas como personagens principais, são relatos do mundo onde vivem as fadas, mundo mágico, ideal, que apresenta detalhes e características próprias e, principalmente, é habitado por muitas criaturas além das fadas.

Segundo o autor, um elemento nos contos de fadas sempre foi fixo, não importando a variação dos outros elementos: a magia. Ela sempre esteve presente, para "satisfação de certos desejos humanos primordiais".[7] Como, por exemplo, o poder de permanência no tempo e espaço e o domínio sobre o mundo e seus seres. O foco do estudo de Tolkien é mostrar que, muito embora a descrição dos contos de fadas, seus personagens e suas tramas sejam distantes de nossa realidade, este tipo de literatura deve ser encarado como um reflexo do mundo em que vivemos, mas de forma ideal. Analisando a feitura dos contos de fadas, ele chega a uma fórmula que aproxima o leitor daquele mundo ficcional, tornando-o real, ou possível: a boa construção dos detalhes, de forma bem arramada e verossímil, é que dá realidade a este tipo de literatura. Tolkien sabia muito bem do que estava falando, pois sua primeira obra O *Hobbit*, publicada no mesmo ano de 1937 (como já falamos), traz todos estes elementos de verossimilhança bem articulados entre si, e pode ser uma das explicações de seu sucesso junto ao público.

7 TOLKIEN, J. R. R. *Tolkien reader*. Nova York: Del Rey Publisher, 1986, p. 41. "*satisfaction of certain primordial human desires*". Tradução nossa.

Porém, aqui uma questão se impõe: por que é tão importante para o autor delimitar esta realidade, esta aproximação com o leitor nos contos de fadas?

Antes de tentarmos responder a esta pergunta, atentemos para o conceito de arte de Tolkien. Para ele, toda a forma de arte produz um encantamento, e:

> Encantamento produz um Mundo Secundário, no qual criador e espectador podem adentrar, para satisfazer seus sentidos enquanto estão dentro dele; mas, em seu âmago, seu desejo e propósito são artísticos.[8]

Posto isto, o autor teoriza sobre a "volta" ao Mundo Primário, que o leitor realiza quando para de ler uma fantasia. Neste percurso, segundo ele, o objetivo dos contos de fadas, ou da fantasia, é possibilitar a recuperação da visão real das coisas ou, como o próprio Tolkien pontua, "Ver as coisas da maneira como devem ser vistas".[9] Esta passagem é muito significativa para compreendermos a visão de Verdade que o autor constrói, e de como ela se articula internamente na obra. Para ele, a arte, quando bem construída, pode possibilitar uma visão clara das coisas como verdadeiramente são. Este conceito é muito próximo da ideia de autonomia da arte, presente na modernidade e compartilhada pelo modernismo, como vimos no capítulo anterior. Ou seja, Tolkien acreditava que existia alguma coisa que não era vista ou percebida da forma como deveria ser em seu contexto e que, por meio da arte, esta Verdade poderia ser atingida.

Para Tolkien, a arte, na forma dos contos de fadas, tem uma "missão" bem delimitada, pois por meio dela pode-se construir visões de mundo que, mesmo sendo particulares do autor, têm algo em comum

---

8 CARPENTER, Humphrey. *Op. cit.*, p. 73.

9 *Ibidem*, p. 77. "Seeing things as we are (or were) meant to see them". Tradução nossa.

com o mundo de todos os leitores. Podemos perceber também que, para Tolkien, existem certos problemas ou questões no mundo atual que nem todos conseguem ou querem ver, e é obrigação do literato fazer o papel de trazer o problema à superfície. E, para esta tarefa, nada melhor do que uma literatura que quebra todas as barreiras de tempo, espaço, cultura, moral e história, como os contos de fadas ou a fantasia.

Logo, nos é perceptível que o autor tenha construído, ao longo do tempo, um posicionamento em relação à sua própria obra que ganhou *status* de "Verdade", no sentido de contemplação. Mas aí vem outra pergunta: qual é a Verdade que precisa ser vista por todos? Ou melhor, quais são as Verdades de que o autor nos fala e faz questão de manter com letra maiúscula (da forma como foi escrita em sua carta)? Identificando estas "mensagens verdadeiras" contidas na narrativa, entenderemos a quais "mentiras" elas se contrapõem e em que medida elas são respostas à vida social, política e cultural do autor.

Analisando exaustivamente as cartas de Tolkien, começamos a retirar pistas da ligação entre o mundo ficcional construído pelo autor e as dinâmicas do mundo real vivido por ele. As formas como estas ligações são construídas e utilizadas pelo próprio autor são importantes, pois é a partir delas que entenderemos a crítica elaborada na obra, que recebe o nome de Verdade.

> Bem, a primeira Guerra das Máquinas parece estar aproximando-se de seu inconcluso capítulo final – deixando, que tristeza, todos mais pobres, muitos enlutados ou mutilados, milhões mortos e apenas uma coisa triunfante: as Máquinas. Como os servos das Máquinas estão se tornando uma classe privilegiada, as Máquinas serão imensamente mais poderosas. Qual o próximo passo deles?[10]

10 CARPENTER, Humphrey. *Op. cit.*, p. 111.

Percebemos, no excerto acima, que a visão apocalíptica de Tolkien parte de um elemento principal de causa, a máquina (aclamada e vangloriada na época, tanto pela sociedade quanto pela propaganda). Na narrativa de Tolkien, podemos separar duas vertentes claramente críticas com relação à tecnologia ou à máquina.

A primeira é a de que os personagens que representam o Bem não utilizam quase nenhuma magia ou mecanização, enquanto os personagens do eixo do Mal produzem uma grande "fábrica" – liderados por Saruman (mago tão poderoso quanto Gandalf, que se alinha a Sauron e utiliza sua magia para dominar outros personagens) – e se utilizam da mecanização para produzirem armas e armaduras em massa, queimando florestas inteiras. Contra isso, a própria natureza, na figura dos ents, se encarrega de responder, levantando-se e destruindo a indústria nascente por completo, como acompanhamos no capítulo anterior.

A segunda, e mais complexa, é a forma como a representação da tecnologia na vida do autor invade sua criação literária, e vice-versa. Na narrativa OSdA, a tecnologia, ou maquinário, utilizando as palavras de Tolkien, vai ser representada, indiretamente, pela magia e seus efeitos nos homens e na sociedade de modo geral.

Lendo suas cartas, percebemos que, no início de 1937, ele já se posicionava contra a tecnologia, mas não tão fortemente como seria após 1943. É a partir deste momento que sua crítica vai tomando forma, buscando uma compreensão do momento atual do mundo e uma possibilidade alternativa de vida, que iria se concretizar na narrativa OSdA. A forma de representação da tecnologia escolhida pelo autor é a magia, e esta escolha é justificada em suas cartas, pois, segundo ele, a magia traz à tona a vontade de poder que a tecnologia diz proporcionar no mundo atual. Logo, a luta pelo poder seria a luta para dominar a magia, ou no caso do contexto do autor, o maquinário de guerra, que proporciona feitos inimagináveis.

É interessante notarmos que este posicionamento de Tolkien entra diretamente em tensão com um dos elementos da propaganda de Estado, principalmente com relação aos quadros dos pintores de guerra do WAAC (citados no capítulo anterior), que tinham como um de seus objetivos, estabelecidos pelo Primeiro Ministro Winston Churchill, representar a tecnologia britânica de guerra. Esta representação geralmente era construída de forma enaltecedora, elevando a tecnologia ao *status* de salvadora.

Em diversos momentos de suas cartas, Tolkien critica a utilização indiscriminada da tecnologia feita pela sociedade atual e até culpa esta prática por grande parte das catástrofes da guerra. Neste ponto, uma discussão de fundo é implicada nesta questão: a aproximação da sociedade com a tecnologia em geral, principalmente a de guerra. O autor Jeffrey Herf[11] resgata muito bem esta trajetória em relação à Alemanha na Segunda Guerra Mundial, evidenciando que uma das intenções da propaganda do Estado nazista era humanizar a tecnologia, tornando-a parte da sociedade e pondo fim ao distanciamento para com os maquinários em geral, principalmente os de guerra. Esta tensão entre propaganda e resposta crítica pode ser percebida na literatura de Tolkien.

Muito embora estejamos investigando somente a obra de Tolkien, não pretendemos tratá-la como literatura única. Ou seja, seu autor não está sozinho neste movimento que realiza ligações interpretativas da tecnologia com a magia, que busca compreender sua penetração na sociedade contemporânea de forma crítica e que vislumbra, por culpa dela, um futuro caótico e não humano para o

---

11 HERF, Jeffrey. *O modernismo reacionário*. São Paulo: Ensaio, 1993.

planeta. Diversos intelectuais e outros literatos fizeram parte deste movimento e acrescentaram discussões em suas áreas, como Walter Benjamin,[12] que já em 1936 trabalha com uma crítica estética que é tecnológica e busca elementos mágicos no fazer artístico e político. Muito embora cada autor dê uma resposta diferente às mudanças que presenciava com relação à tecnologia, entendemos que apesar de serem a resposta e o posicionamento de Tolkien serem muito peculiares e únicos, estão inseridos nesta dinâmica social que afetava diversos países do Ocidente. Estes autores, assimo como vários outros, buscavam entender como as máquinas recebiam tanta atenção e aceitação da sociedade, que fechava os olhos para os desígnios catastróficos que esta trazia dentro de si.

Exploraremos no decorrer deste capítulo como todas estas dinâmicas expostas até aqui, concomitantemente com a implantação dos processos de modernização e a naturalização dos valores da modernidade, estão relacionadas na obra de Tolkien, e mais, como essa relação, e a visão especialmente única do autor, nos possibilitam a amplicação de uma problemática história: nossa relação com a máquina e com a modernidade e seus efeitos em nossas vidas.

12 BENJAMIN, Walter. *Obras escolhidas*, vol. I. São Paulo: Brasiliense, 1987.

A QUESTÃO DA TECNOLOGIA

Como pudemos perceber, a tecnologia, suas representações e impactos na sociedade britânica da época ocupam espaço central nesta problematização. Mas, para iniciarmos nossa investigação sobre a obra OSdA, suas construções, posicionamentos e tramas, devemos propor um problema anterior: o que é tecnologia?

Definir tecnologia não é tarefa simples, exatamente pelo fato de termos construído socialmente, em um processo histórico, significados imanentes a esta palavra, como se fosse possível que ela se definisse a si própria. Esta dificuldade foi estudada detalhadamente pelo crítico Raymond Williams, do qual somos grandes devedores. Ao estudar a televisão e seus efeitos na sociedade britânica contemporânea, Williams deparou-se com a grande questão de definir o que era tecnologia e de como medir seu impacto em uma sociedade que vê esta tecnologia como "autofeita", "autoproduzida", ou seja, como se fosse possível que ela detivesse os modos de se produzir e de produzir seus efeitos.

Para ele, no processo social se confundiram os usos de tecnologia (entendidos aqui na esfera dos efeitos em nossas vidas) e a definição de tecnologia em si.[13] Foi atribuído à tecnologia, objeto inanimado, a possibilidade de causar algo por ela mesma, ou seja, não são os usos e as formas indiscriminadas de utilização da tecnologia pela indústria que causam efeitos em nossas vidas, e sim sua própria existência. Basta olhar para o século XIX na Inglaterra, rememorando o movimento ludista,[14] para percebermos que seus adeptos não quebravam

---

13 WILLIAMS, Raymond. *Television*. Nova York: Routledge, 2003.

14 O movimento ludista se deu no início do século XIX, tem seu nome formado a partir de seu precursor, Ned Ludd, e se baseava em quebrar máquinas nas fábricas, máquinas que haviam tirado seus empregos.

as máquinas somente como forma de protesto, ou como forma de produzir danos ao capitalista, mas também porque as odiavam em si mesmas, junto com todas as suas construções racionais.

Se acompanharmos as discussões contemporâneas a respeito dos impactos da tecnologia em nossas vidas atuais, seremos levados a diversos campos totalmente distintos e a posições das mais variadas. Para o filósofo Pierre Levy (1995), a tecnologia atual mudou nossa forma de relação com o mundo e deve ser encarada de forma positiva, uma mudança estrutural em nossa forma de pensar, agir, ler e nos relacionar. E os teóricos que lutam contra essa mudança o fazem porque não conseguem acompanhar o ritmo novo desta.[15]

Já para o crítico da cultura Steven Johnson,[16] a tecnologia trouxe algumas mudanças estruturais para nossas vidas, mas segundo ele, nada que já não tenhamos experimentado antes, pois como a máquina, os softwares e todo o resto são criações humanas e sociais, trazem consigo nossas formas de relacionamento e produção cultural. O autor elabora um conceito a partir do funcionamento dos softwares, chamado *bottom-up*, que seria uma forma de auto-organização, sem poder central e com a participação de todos. Mas este conceito não é algo a ser atingido, ele estaria presente na história humana desde a modernidade, na organização das cidades.

Johnson estabelece diversas formas de investigação para provar a existência deste conceito na história e sua presença até hoje, na dinâmica das grandes cidades. E para mostrar a força do *bottom-up*, ele se utiliza de novas tecnologias, como a web, jogos, softwares etc. Segundo ele, as novas forma de comunicação e entretenimento não

---

15 LEVY, Pierre. *Tecnologias da inteligência*. São Paulo: Editora 34, 1995.

16 JOHNSON, Steven. *Emergência*. Rio de Janeiro: Zahar, 2004.

trouxeram nada novo, apenas nasceram da experiência social anterior, sendo assim um prolongamento desta.

> Estamos vivendo a terceira fase da revolução. Podemos datá-la no início da década de 1990, quando Will Wright lançou um programa chamado *SimCity*,[17] que se tornou campeão de vendas de jogos de vídeo de todos os tempos. O *SimCity* também inauguraria uma nova fase no desenvolvimento da história da auto-organização: o comportamento emergente deixou de ser apenas mais um objeto de estudo, algo a ser interpretado e modelado em laboratório. Passou a ser também algo que se podia construir, com que se podia interagir e que se podia vender. Quando *SimCity* aparece como uma novidade do mundo *bottom-up*, mostrou-se uma nova abertura: *SimCity* era uma obra de cultura, não de ciência. Propunha-se a divertir, não a explicar.[18]

Já o *Dicionário Houaiss* define tecnologia como "teoria geral e/ou estudo sistemático sobre técnicas, processos, métodos, meios e instrumentos de um ou mais ofícios ou domínios da atividade humana (p. ex., indústria, ciência etc.)".[19] Mas o que podemos mais extrair deste conceito? Sua etimologia pode nos ajudar a pensar a tecnologia enquanto problemática e não como uma questão clara e bem resolvida. Ainda segundo Houaiss, na origem grega a palavra *tekhnología* significava tratado ou dissertação sobre uma arte, exposição das regras de uma arte, formado a partir do radical grego *tekhno-* (de *tékhné* arte, artesanato, indústria, ciência) e do radical grego *-logía* (de *logos*, ou linguagem, proposição).

---

17 *SimCity* foi um jogo para computador lançado em 1989 pelo estúdio Maxis (EUA). Nele, o jogador é o prefeito da cidade e deve criar a estrutura para que sua cidade seja capaz de se desenvolver sozinha.

18 *Ibidem*, p. 34.

19 HOUAISS, Antonio. *Dicionário Houaiss da Língua Portuguesa*. São Paulo: Objetiva, 2009.

Portanto, o conceito de tecnologia acompanha a humanidade ocidental desde sua antiguidade, muito embora tenhamos associado seu significado a algo moderno e de ponta, ao longo do processo histórico ocidental. A tecnologia está representada pela máquina em nossa contemporaneidade, e é esta forma de representação que problematizaremos neste estudo, pois, como veremos, o autor de OSdA compartilhava desta forma de representar a tecnologia.

Não pretendemos aqui resolver a questão das formas de representação da tecnologia, muito menos fornecer uma resposta sobre a "verdadeira" imagem da máquina. Esforçamo-nos por problematizar estas representações, compreendermos sua trajetória histórica e os processos pelos quais ela atingiu diretamente nosso autor, que absorve tais imagens e, ao mesmo tempo, adiciona outros elementos, ressignificando-as em seu tempo.

> A tecnologia costumava avançar em estágios mais lentos, mais diferenciados. O livro reinou como o meio de comunicação de massa preferido por vários séculos; os jornais tiveram cerca de 200 anos para inovar; até o cinema deu as cartas durante 30 anos antes de ser rapidamente sucedido pelo rádio, depois pela televisão, depois pelo computador pessoal.[20]

Este excerto, de um dos livros de Steven Johnson, nos traz uma forma de perceber a evolução tecnológica (ou da máquina) pelo viés da velocidade e do impacto. Pois a vida cotidiana na Europa do século XX mudou de forma drástica e rápida junto com o desenvolvimento da própria máquina, sem equivalentes na história, e este processo teve impactos em todas as áreas. Por exemplo, as formas de edição de livros mudaram estruturalmente no período, mudaram também as formas de produção de filmes, carros, roupas, alimentos, tudo isso

20 JOHNSON, Steven. *Cultura da interface*. Rio de Janeiro: Zahar, 2001, p. 22.

com o emprego de novas tecnologias. As indústrias que produzem e vendem estas tecnologias se especializaram em se superar; desse modo, a cada dia uma máquina se torna obsoleta e uma nova surge em seu lugar.

Este tipo de impacto, que muda a forma como as pessoas vivem, pode ser percebido no olhar de J. R. R. Tolkien em uma carta a seu filho Christopher, de abril de 1944:

> Vamos a pleno maio agora, pelas árvores e pela grama. Mas os céus estão cheios de ruídos e tumulto. Agora, não é possível sequer manter uma conversa aos gritos no jardim, exceto por volta da 1 da manhã e das 7 da noite – a não ser que o dia esteja feio demais para sair. Como eu gostaria que a máquina de "combustão infernal" nunca tivesse sido inventada![21]

A "máquina de combustão infernal" mencionada é nada mais do que o automóvel. Hoje (salvo pelos engarrafamentos monstruosos nas grandes cidades e pela poluição) nos parece estranho que um carro possa causar tanto incômodo só por passar em nossas ruas. Mas devemos perceber o impacto de sua popularização naquele contexto, ou seja, como a sociedade ocidental se relacionava com a máquina, tendo em vista que ela era a culpada por seus impactos, e não as indústrias, os governos ou os capitalistas. Ou seja, se o carro não tivesse sido inventado, muitos dos problemas de nosso autor não existiriam, criando uma imagem na qual a tecnologia se emancipa da humanidade quando é inventada, como se a partir daquele momento ela definisse seus rumos.

O filósofo Paul Virilio[22] pontua que a história moderna e contemporânea pode ser percebida como a história do motor, na medida

---

21 CARPENTER, Humphrey. *Op. cit.*, p. 79.

22 VIRILIO, Paul. *Arte do motor.* São Paulo: Estação Liberdade, 1996.

em que, desde então, buscou-se sempre aprimorar seus feitos e efeitos. Para produzirem-se avanços tecnológicos, são utilizados conhecimentos de diversas áreas (artes, design, engenharia, física etc.), muitas vezes por profissionais multidisciplinares. A função que a tecnologia passou a exercer em nossa sociedade fez com que todas as nossas produções estivessem articuladas a ela de alguma forma.

Agora, devemos atentar para as representações específicas da tecnologia criadas por Tolkien, para assim podermos mapear suas relações internas (com a obra) e externas (com o mundo social). Para Tolkien, a máquina representava muito mais do que uma simples ameaça ao meio ambiente, ao emprego ou à organização social como um todo. Ela era a própria concretude do Mal em seu tempo presente.

Por meio das cartas de Tolkien trocadas com diversas pessoas, como filhos, editores, fãs, perceberemos a construção dessas representações, para depois relacioná-las a elementos da narrativa. Estas construções são muitas vezes relacionadas diretamente pelo próprio autor com elementos de OSdA, pois estes processos eram concomitantes; outras vezes, em nossas interpretações, a análise é que amarra as representações. Enquanto construía e consolidava seu posicionamento com relação à máquina, Tolkien produzia sua obra; logo, diversas construções perpassam a vida social e chegam diretamente à obra, mas sempre elaboradas artisticamente por meio de tramas, situações e personagens que devem ser interpretados e confrontados com as opiniões expressas nas cartas. A historiadora Teresa Malatian, ao estudar as cartas como fonte para o historiador, pontua:

> A partir de Bourdieu, pode-se falar que as cartas fazem parte de e expressam *habitus*, ou seja, comportamentos, regidos por valores próprios de uma dada época ou grupo social no qual se inserem

> ações individuais, num jogo entre indivíduo e contexto que constitui a dimensão da individualidade.[23]

Portanto, nossa investigação das cartas de Tolkien tem como objetivo revelar a dinâmica social que permeava sua vida enquanto ele realizava sua obra, procurando, desta forma, estabelecer a sua produção social. A maioria das cartas trocadas por Tolkien fora com seu filho Christopher, que, após a morte do pai (em 1973), deu continuidade a seus escritos. Mas algumas cartas, com elementos muito importantes, são endereçadas a editores ou fãs, pois é geralmente neste momento que o autor tende a pontuar esclarecimentos sobre sua obra, ou mesmo defini-la, respondendo a perguntas sobre o sentido da narrativa, a representação dos personagens ou as construções ficcionais e é aí que muitos de seus valores transparecem. Valores estes que não foram construídos somente por ele, mas que nos mostram a construção de um dado grupo social, como percebemos na investigação do grupo *Inklings* no primeiro capítulo.

---

23 MALATIAN, Teresa. "Cartas. Narrador, Registro e Arquivo". In: PINSKY, Carla Bassanezi & LUCA, Tania Regina de (orgs.). *O historiador e suas fontes*. São Paulo: Contexto, 2010, p. 201.

O ÓDIO COMO DISCURSO

Como já foi dito, Tolkien inicia a escrita da obra OSdA em 1937, mas é durante a Segunda Guerra Mundial que ele começa a se posicionar mais definidamente com relação à tecnologia, propaganda e política e, coincidentemente, é quando mais produz partes da obra. Estes aspectos estão fortemente presentes no contexto de Tolkien e giravam em torno de um mesmo elemento, estando totalmente ligados entre si, fazendo parte da mesma linha de raciocínio dentro do MoI; a criação de uma representação da máquina que a coloca como a salvação da nação na guerra que se segue. O poder de sedução da máquina é utilizado para agregar cidadãos ingleses em torno do projeto de guerra total.[24]

Realizamos um mapeamento das cartas do autor para podermos estabelecer uma sequência de pensamento e entendermos como foram formados estes posicionamentos.

A primeira carta a abordar a tecnologia, ainda que de forma indireta, é a de 9 de novembro de 1943, enviada a seu filho Christopher, no período em que ele servia a RAF na África do Sul. Tolkien inicia a carta criticando toda e qualquer forma de governo, afirmando que ele tende muito mais para a anarquia do que para qualquer forma de governança vigente. Condenando as propagandas criadas pelos governos, que teriam como objetivo, segundo o autor, esconder seus próprios problemas com a ideia do inimigo externo, ele, por fim, pontua:

> Há apenas um único ponto brilhante, e esse é o crescente hábito de homens descontentes de dinamitarem fábricas e estações de energia; espero que isso, agora encorajado como "patriotismo",

---

24 FOSS, Brian. *War Paint*. Yale University Press, 2007.

> possa permanecer um hábito! Mas isso não causará bem algum se não for universal.[25]

Um elemento salta à vista nestas palavras: o fato de Tolkien incentivar a destruição de fábricas, esperando que, como ele mesmo descreve, se torne um hábito e não apenas uma arma episódica durante a guerra. Ou seja, destruir a máquina. Esta é a primeira posição do autor contras as máquinas, formando uma espécie de neoludismo.[26] Já vimos como esta construção social está na obra, representada por ents e sua revolta contra a fábrica.

Já analisamos, no capítulo anterior, a carta de 3 de abril de 1944, também endereçada a Christopher, quando, ao passear por sua cidade natal, Birmingham, Tolkien nos traz a visão de uma modernidade estranha e impessoal, qualificando a nova arquitetura da modernização como "grandes edifícios modernos lisos e descaracterizados".[27] Agora, faremos a ligação deste discurso com a questão maior da modernização e da tecnologia.

Neste momento, percebemos que a tecnologia está mais atrelada à modernização enquanto processo social e arquitetônico. Estabelecendo uma crítica que coloca os efeitos devastadores da destruição pela guerra em segundo plano, o moderno se mostra como elemento destruidor. Vemos que a inquietação de Tolkien para com a modernidade e seus avanços tecnológicos ainda não está bem definida, mas é sentida e formulada como crítica social.

Ainda no mesmo ano de 1944, nosso autor iniciou outra representação da tecnologia e da modernidade, figurada pela máquina em

---

25 CARPENTER, Humphrey. *Op. cit.*, p. 67.

26 Para mais informações sobre o movimento ludista e o neoludista, consultar: JONES, Steven E. *Against technology*. Nova York: Routledge, 2006.

27 CARPENTER, Humphrey. *Op. cit.*, p. 72.

si, não a máquina da fábrica, como no primeiro momento que analisamos, mas pela máquina presente em nosso dia a dia, presente na guerra, nas ruas, nas casas, em tudo. É a "invasão" das máquinas que gera sua revolta e constitui o motor de suas críticas.

Na carta de 8 de abril de 1944, ao responder sobre os horrores da guerra relatados por seu filho Christopher, Tolkien realiza uma comparação de seu período de guerra (em 1916) e pontua:

> Apenas em um sentido eu estava em melhores condições: o rádio não havia sido inventado. É provável que ele possuísse algum potencial para o bem, mas ele na verdade se tornou essencialmente uma arma para os tolos, os selvagens e os patifes afligirem a minoria com ela e para destruir o pensamento.[28]

Ainda no mesmo mês de abril, Tolkien escreve sobre a "máquina de combustão infernal" – analisada algumas páginas atrás –, que atrapalha sua vida social, bem como a de milhares de pessoas, tornando assim impossível socializar durante o dia nas ruas de Oxford. Este processo parece proliferar, apesar das fortes críticas do autor. De fato, as vendas de automóveis na Inglaterra disparam nos anos de 1944 e 1945. Explosão ocasionada principalmente pela produção de motores para aviões e tanques de guerra e pela produção de versões civis de carros de guerra, caso do Land Rover.[29] Portanto, a crítica de Tolkien ao motor invadindo sua vida nos revela uma mudança material e social, com os impactos desta nova máquina, agora muito mais popularizada.

No mês seguinte, maio, Tolkien já estrutura sua crítica à tecnologia de forma muito mais contundente e formada, revelando

---

28 *Ibidem*, p. 74.

29 CHRUCH, Roy. *The rise and decline of the British motor industry*. Cambridge: Cambridge University Press, 1995.

elementos importantes para entendermos como estas construções ocupam espaço central em sua obra. Após estabelecer uma imagem extremamente negativa dos modos de guerra atuais, cruéis e desumanos, inclusive com seus próprios soldados, Tolkien nos dá um lampejo da representação da máquina.

> Estamos tentando conquistar Sauron com o Anel. E seremos bem-sucedidos (ao que parece). Contudo, a punição, como você sabe, é criar novos Saurons e lentamente transformar homens e elfos em orcs. Não que na vida real as coisas sejam tão claras como em uma história, e começamos com muitos orcs no nosso lado.[30]

Como já apresentamos anteriormente, o Anel nesta construção é a cobiça pelo poder e representa, na obra, o poder de sedução exercido pela possiblidade oferecida a quem detiver tal poder. No capítulo anterior, deixamos uma questão em aberto, quando discutíamos qual seria a grande tentação pela qual a humanidade passava em seu momento atual, segundo Tolkien. Agora podemos iniciar nossa resposta, uma vez que já vimos o impacto da tecnologia no contexto, na vida e, consequentemente, na obra de Tolkien. O importante aqui é detectar o duplo poder atribuído à tecnologia representada pelo Anel – além do poder de aliciar, seduzir e aprisionar o ser humano que tem vontade de poder, ela transforma o ser que se entrega a seu domínio, atribuindo à máquina/Anel uma espécie de poder *per se*, que pode desumanizar qualquer um. Este poder "mágico" atribuído ao Anel (que analisamos no capítulo anterior) se estende agora à tecnologia e à máquina. A relação tecnologia-magia-poder, construída pelo autor, ficará mais clara com o passar deste capítulo, assim como ficou mais clara para Tolkien com o passar dos anos.

---

30 CARPENTER, Humphrey. *Op. cit.*, p. 8.

Para captarmos como se dá essa passagem de tecnologia para magia, de forma ainda inicial, na narrativa de OSdA, vejamos a passagem em que Barbárvore conta aos hobbits o que sabe sobre Saruman e sua Torre de Isengard:

> — Acho que agora entendo o que ele pretende. Está tramando para se transformar num Poder. Tem um cérebro de metal e rodas, e não se preocupa com os seres que crescem, a não ser enquanto o servem. E agora fica claro que ele é um traidor negro. Aliou-se a seres maus, aos orcs. Bem, hum! Pior que isso: vem fazendo alguma coisa a eles; alguma coisa perigosa. Porque esses isengardenses são mais semelhantes a homens maus. Os seres malignos que vieram na Grande Escuridão têm como marca a característica de não suportarem o sol; mas os orcs de Saruman suportam, mesmo que o odeiem. Fico imaginando o que ele terá feito. Seriam eles homens que ele arruinou, ou teria ele misturado as raças dos orcs e dos homens? Isso seria uma maldade negra!
>
> Barbárvore roncou por uns momentos, como se estivesse pronunciando alguma maldição entesca profunda, subterrânea. — Há algum tempo, comecei a me perguntar como os orcs ousavam passar pela minha floresta tão livremente — continuou ele. — Só há pouco tempo é que descobri que a culpa era de Saruman, e que há muito tempo ele estivera espiando todos os caminhos e descobrindo meus segredos. Ele e seu povo sujo estão devastando tudo agora. Lá

> embaixo, nas fronteiras, estão derrubando árvores – árvores boas. Algumas, eles apenas cortam e deixam apodrecer — isso é serviço dos orcs; mas a maioria delas são derrubadas e levadas para alimentar as fogueiras de Orthanc. Vejo sempre uma fogueira subindo de Isengard nos últimos tempos.[31]

Nesta passagem, percebermos que algum tipo de magia definida muito vagamente deixa os orcs mais fortes para a batalha, este quê indefinido cria uma aura de mistério e aloca a explicação toda na área da magia, onde tudo pode ser justificado. O fato de os orcs se tornarem mais fortes é indiretamente ligado à fumaça que sai constantemente da Torre de Isengard – indiretamente, pois o autor não constrói uma relação direta entre estes dois fatos, mas eles se ligam exatamente pela ação destes orcs que andam no sol, que são mais fortes e mais rápidos do que os comuns. A fumaça sai da Torre, por causa da "fábrica" lá instalada por Saruman, ou seja, uma produção industrial de artefatos de guerra faz parte deste "tornar mais fortes". Prestemos atenção ao fato de que o autor não diz que são as armas que tornam estes orcs mais fortes, mas sim suas novas características, o que dá a entender que eles se tornam assim, são "feitos" mais fortes, sem explicação lógica – e o terreno das explicações aleatórias é exatamente o campo da magia. Este é um primeiro nível de relação entre magia e tecnologia que pretendemos construir aqui.

Ao longo dos anos de 1944 e 45, Tolkien continua reafirmando suas ideias críticas à tecnologia, sempre se utilizando de exemplos corriqueiros, cotidianos ou da própria guerra. Como na carta de 25 de setembro de 1944: "Você não pode enfrentar o Inimigo com o

31 TOLKIEN, J. R. R. O *Senhor dos Anéis*, vol. II: *A Sociedade do Anel*. São Paulo: Martins Fontes, 1999, p. 100-101.

Anel dele sem se tornar um Inimigo; mas, infelizmente, a sabedoria de Gandalf parece ter passado com ele há muito tempo para o Verdadeiro Oeste...".[32] Gandalf, na narrativa, foi o mago líder da guerra contra Sauron (o Mal); foi ele quem organizou o grupo todo e também todas as forças de resistência ao avanço das tropas inimigas. E, mais importante, foi ele quem alertou e impediu a utilização do poder do Anel na guerra. Um personagem que, segundo Tolkien, faz falta na guerra real pela qual a Europa passava naquele momento.

Abriremos aqui um pequeno parêntese sobre as discussões acerca da representação de Gandalf: durante a década de 1980, o historiador inglês E. P. Thompson publica um artigo no jornal *The Nation*, intitulado "America's Europe: a hobbit among Gandalfs"[33] (A Europa da América: um hobbit entre Gandalfs"), em que ele analisa o discurso armamentista dos EUA e suas repercussões na Europa. Realizando uma leitura crítica deste movimento, liderado, segundo ele, por Margareth Thatcher (Grã-Bretanha) e Ronald Reagan (EUA), o autor busca compreender os fundamentos que movem este discurso, e a conclusão, que vai ao encontro de nosso problema, é de que existe um lastro moral muito forte que amarra e justifica as realizações de políticas armamentistas e pró-guerra. Thompson compara este lastro moral à visão política presente na obra OSdA, evidenciando sua unilateralidade, onde o bem é sempre o bem e o mal é sempre o mal, sem mudanças ou interpretações. Para ele, esta visão de mundo, em que os EUA são o bem e a URSS, o mal, deriva fortemente da leitura de OSdA de Tolkien, como se:

---

32 CARPENTER, Humphrey. *Op. cit.*, p. 95

33 THOMPSON, E.P. "America's Europe: a hobbit among Gandalfs". *The Nation*, Londres, 24 jan. 1981, p. 68-72.

> O reino maléfico de Mordor ficasse lá [URSS], e lá continuaria para todo o sempre, enquanto de nosso lado [UK] está a bela república de Eriador [EUA], habitada por confusos hobbits liberais, que são resgatados, de tempos em tempos, por figuras de magos brancos e geniais, do tipo Gandalf, representadas por personagens como Henry Kissinger, Zbigniew Brzezinski e até mesmo Richard Allen.[34]

Logo, a imagem política do mundo, de cunho moral, construída por Tolkien é alvo de crítica, e sua aproximação com a política americana durante a Guerra Fria é uma dimensão problemática das relações internacionais. Apesar desta forma de entender a literatura de Tolkien, via Thompson, acreditamos que existam outras facetas da obra que não cabem nesta visão – como afirmamos anteriormente, o autor é um aglomerado de discursos que se articulam e, portanto, não deve ser entendido de forma única. Se entendêssemos que a visão de política construída por Tolkien comprometesse toda a obra, não poderíamos desenvolver este trabalho; porém, sabemos do peso de suas posições e as levamos em conta na análise.

Voltando ao ponto, foi em uma extensa carta de 1951 que Tolkien definiu como entendia e representava a tecnologia e suas questões, principalmente seus efeitos. Esta carta se destaca das demais por dois motivos: primeiro, ela tem 17 páginas, enquanto as anteriores variavam de uma a três páginas; segundo, esta é a primeira carta a tratar da representação de tecnologia utilizada por Tolkien em sua

34 *Ibidem*. "The evil kingdom of Mordor lies there, and there it ever will lie, while on our side lies the nice republic of Eriador, inhabited by confused liberal hobbits who are rescued from time to time by the genial white wizardry of Gandalf-figures such as Henry Kissinger, Zbigniew Brzezinski maybe, Richard Allen." Tradução nossa. Os dois primeiros personagens mencionados, ambos brancos, foram secretários de Estado americanos, enquanto o bispo Allen era negro; fundador da Igreja Episcopal Metodista Africana em 1816, foi um precursor do ativismo negro nos EUA.

obra de forma mais consciente, e que não se destina a seu filho. Foi escrita para Milton Waldman, editor da Collins, que se interessou em publicar a obra OSdA e fez uma oferta a Tolkien, pedindo-lhe que explicasse a importância da obra e lhe fornecesse um resumo da trama. Destacamos aqui apenas uma parte dela, dentre tantas páginas.

Após discorrer sobre o conceito de Queda em sua narrativa, processo pelo qual um povo ou um indivíduo se rende à sedução do poder e por isso perde sua humanidade e seus valores, levando sua cultura a um ponto de destruição, Tolkien continua:

> Esse desejo [de poder] está unido ao mesmo tempo a um amor apaixonado pelo mundo primário real e, por isso, repleto com o senso de mortalidade, e mesmo assim insatisfeito com ele. Possui várias oportunidades de "Queda". Podendo tornar-se possessivo, agarrando-se às coisas criadas como "suas próprias", o subcriador deseja ser o Senhor e Deus de sua criação particular. Ele irá rebelar-se contra as leis do Criador – especialmente contra a mortalidade. Essas duas condições (isoladas ou juntas) levarão ao desejo por Poder, para tornar a vontade mais rapidamente efetiva – e, assim, a Máquina (ou Magia). Com a última, tenho em mente o uso de planos ou artifícios (aparelhos) externos ao invés do desenvolvimento dos poderes ou talentos interiores inerentes – ou mesmo do uso desses talentos com o motivo corrupto da dominação: de intimidar o mundo real ou coagir outras vontades. A Máquina é nossa forma moderna mais óbvia, embora mais intimamente relacionada com a Magia do que se costuma reconhecer.
>
> Não usei a "magia" de maneira consistente, de fato, a rainha élfica Galadriel é obrigada a advertir os Hobbits sobre o uso confuso da parte deles da palavra tanto para os artifícios e operações do Inimigo quanto para aqueles dos elfos. Eu não o fiz, pois não há uma palavra para o último caso (uma vez que todas as histórias humanas sofreram da mesma confusão). Mas os elfos estão lá (em minhas histórias) para demonstrar a diferença. A "magia" deles é Arte, livre de muitas das suas limitações humanas: com menos

> esforço, mais rápida, mais completa (produto e visão em correspondência sem imperfeições). E seu objeto é Arte, não Poder; subcriação, não dominação e reforma tirânica da Criação. Os "elfos" são "imortais", pelo menos no que diz respeito a este mundo e, conseqüentemente, ocupam-se mais dos pesares e fardos da imortalidade no tempo e das mudanças do que da morte. O Inimigo, em sucessivas formas, sempre se ocupa "naturalmente" da mera Dominação, sendo o Senhor da magia e das máquinas; mas o problema – de que esse mal aterrorizante pode, e surge, de uma raiz aparentemente boa, o desejo de beneficiar o mundo e os demais, rapidamente e de acordo com os próprios planos do benfeitor – é um motivo recorrente.[35]

O primeiro ponto que chama nossa atenção, dentre os diversos elementos desta carta, é a relação Máquina-Magia criada pelo autor. Acompanhamos seu desenvolvimento ao longo dos anos, mas é aqui que ela se firma enquanto representação, enquanto visão de mundo. Sendo o inimigo aquele que domina a magia e as máquinas, esta característica é praticamente obrigatória para a construção da imagem do Mal. O Mal é aquele que se apodera da liberdade dos outros por meio destas duas armas.

Nesta carta, é importante observarmos a contraposição estabelecida pelo autor, na qual a busca por tecnologia (que obrigatoriamente leva à relação Máquina-Magia) representa um avanço externo e a busca por aprimorar valores é considerada um avanço interno. Avanço este que, segundo Tolkien, não é valorizado em seu mundo atual, muito menos tido como referência. Este é um dos principais pontos que levam o autor a se sentir fora de seu tempo.

Porém, investigaremos, simultaneamente, como estas manifestações se dão no interior da obra. Sabemos das posições e intenções do

---

35 CARPENTER, Humphrey. *Op. cit.*, p. 142-143.

autor por meio de suas cartas, mas nelas as opiniões são manifestadas de forma mais direta, enquanto na obra temos que acompanhar as construções em seu processo constitutivo, enquanto representações que só criam vida por meio dos personagens e de suas ações e reações nas tramas. Por isso, vejamos uma fala muito importante de Aragorn, enquanto lutava na batalha do Abismo de Helm, passagem que acontece em paralelo à batalha de Isengard:

> — Mas os orcs trouxeram um feitiço de Orthanc — disse Aragorn. — Têm um fogo explosivo, e com ele derrubaram a Muralha. Se não conseguirem entrar nas cavernas, podem prender os que estão lá dentro. Mas agora devemos voltar todos os nossos pensamentos para nossa própria defesa.[36]

Novamente, vemos uma força sem antecedente direto, ou seja, um feitiço muito forte, cujo funcionamento não tem explicação lógica, mas que é mais forte do que as armas comuns de que dispõem os humanos. Já constatamos este efeito com relação aos orcs de Isengard anteriormente. Agora, podemos verificar como a magia se atrela ao poder, ao ser mais forte que o outro, criando uma aura de poder sem histórico: o poder/magia do inimigo simplesmente é mais forte. Vejamos outra passagem, já na batalha de Minas Tirith, agora bem próximo das terras de Mordor:

> Desde a meia-noite prosseguia o ataque. Tambores retumbavam. Ao norte e ao sul, as companhias inimigas, uma atrás da outra, avançavam contra as muralhas. Chegavam animais enormes, parecendo

---

36 TOLKIEN, J. R. R. *Op. cit.*, vol. II, p. 203.

> edifícios móveis à luz rubra e oscilante, os múmakil de Harad, arrastando pelas alamedas enormes torres e máquinas, em meio ao incêndio. Seu Capitão já não se preocupava muito com o que faziam ou quantos poderiam ser mortos: seu único objetivo era testar a força da defesa e manter os homens de Gondor ocupados em vários lugares. Era contra o Portão que ele jogaria seu maior peso. O Portão podia ser muito forte, feito de aço e ferro, guardado por torres e baluartes de pedra invencível, e apesar disso era a chave, o ponto mais fraco em toda aquela muralha alta e impenetrável.
>
> Os tambores retumbaram mais alto. As labaredas subiram com mais força. Grandes máquinas se arrastavam através do campo, e no meio havia um enorme aríete, grande como uma árvore da floresta, de trinta metros de comprimento, oscilando preso a fortes correntes. Estivera sendo forjado por muito tempo nas escuras ferrarias de Mordor, e sua cabeça hedionda, moldada em aço negro, tinha o formato de um lobo voraz; possuía feitiços de destruição. Chamavam-no Grond, em memória do Martelo do Mundo Subterrâneo de outrora. Grandes animais o puxavam, orcs se amontoavam em volta dele, e atrás vinham os trolls das montanhas para manejá-lo.[37]

Nesta passagem, o feitiço se atrela diretamente a algo físico, uma arma gigante neste caso, que demonstra um tremendo poder frente

37 *Ibidem*, p. 135.

às barreiras construídas pelos humanos. Um ponto importante é percebermos que esta arma, o Grond, além de enorme, forjada em aço negro, apresenta um elemento diferencial: a magia ou feitiço. Este elemento, agora aplicado a uma arma, é o que torna o Grond tão forte e poderoso, capaz de destruir o indestrutível. Mas nada seria do feitiço se não fosse o processo, e nenhum poder teriam as magias de destruição se o Grond não tivesse sido "forjado por muito tempo nas escuras ferrarias de Mordor".[38] O que evidenciamos aqui é que a magia, por mais que produza efeitos sem causa, ou que agregue habilidades a quem não as tem sem explicação ou justificativa lógica de como isso acontece, não é desvinculada do processo produtivo. Ela entra aqui muito mais como explicação do processo produtivo do que como efeito em si.

Vejamos o que a terrível e mágica máquina de destruição, Grond, foi capaz de fazer com os portões da cidade mais bem protegida de toda a Terra-Média (um efeito próximo ao que a *Blitzkrieg* nazista provocou no imaginário europeu ao romper a Linha Maginot francesa em menos de um mês):[39]

> Três vezes gritou. Três vezes o grande aríete retumbou. E de repente, no último golpe, o Portão de

38 *Ibidem*, p.135.

39 A *Linha Maginot* foi uma linha de fortificações construída pela França ao longo de suas fronteiras com a Alemanha e a Itália após a Primeira Guerra Mundial. O complexo de defesa tinha vias subterrâneas, obstáculos, baterias blindadas escalonadas em profundidade, postos de observação com abóbadas blindadas e paióis de munições a grande profundidade, sendo considerada intransponível.
Blitzkrieg é termo alemão para guerra-relâmpago e foi uma estratégia militar nazista que consistia em utilizar forças móveis em ataques rápidos e de surpresa, com o intuito de evitar que as forças inimigas tivessem tempo de organizar a defesa. HOBSBAWN, Eric. A *era dos extremos*. São Paulo: Companhia das Letras, 1999.

> Gondor partiu-se. Como se sob o efeito de algum feitiço explosivo, ele caiu aos pedaços: houve um clarão de luz cortante, e as portas se espatifaram no chão.[40]

Efeito. Esta é uma palavra-chave para entender o peso que a magia tinha para Tolkien. Magia é aquilo que causa efeito grandioso, sem antecedentes nem explicações lógicas prévias, em animais, homens e seres inanimados. Como nesta passagem: não existe explicação de como um portão de pedras indestrutíveis cai com tamanha facilidade. Só o que explica o feito é a magia. Agora que captamos esta esfera da representação e do peso representativo da magia na obra de Tolkien, avancemos para construir a relação desta magia com a máquina, à qual ela frequentemente se atrela.

Em carta de 9 de dezembro de 1943, aparece a perspectiva de Tolkien sobre seu tempo, e sobre como ele se vê no mundo moderno – um ser estranho que não se enxerga em quase nada que o circunda:

> Nascemos em uma era sombria fora do tempo devido (para nós). Porém, há este consolo: de outro modo não saberíamos, ou muito amaríamos o que amamos. Imagino que o peixe fora d'água é o único peixe a ter uma noção da água.[41]

Diversas vezes, na leitura das cartas de Tolkien, deparamo-nos com frases ou construções que denotam uma perspectiva temporal outra, que não a do tempo presente do autor, como nesta carta. Este aspecto de "fora do tempo" que o autor cativa é muito importante para entendermos sua escolha por criar uma narrativa fora do eixo temporal presente, um mundo diferente, onde sua realização pudesse se tornar verdade, mas, ao mesmo tempo, um tempo anterior, que fora

---

40 TOLKIEN, J. R. R. *Op. cit.*, vol. II, p. 136.

41 CARPENTER, Humphrey. *Op. cit.*, p. 67.

substituído e solapado pela tecnologia. Outro ponto muito importante desta passagem é a frase em que o autor faz a relação do peixe com a água. Atentemos aqui para a forma como ela é construída, mostrando que o peixe só consegue captar a água a partir do momento que é retirado dela (seu meio de vida) e entra em contato com a representação da água. Ou seja, a representação aqui é mais forte, e mais valiosa, do que o puro "em si", pois é só por meio da representação que, segundo o autor, podemos ter consciência de um fato – no caso do peixe, da importância da água para sua sobrevivência. Para compreendermos melhor esta relação, pensemos na análise construída no capítulo anterior sobre a questão do Um Anel, em que a representação de poder que ele carrega se torna mais real do que o próprio poder que ele pode proporcionar.

Investigaremos outro ponto importante da carta agora, quando o autor fala: "Essas duas condições (isoladas ou juntas) levarão ao desejo de Poder, para tornar a vontade mais rapidamente efetiva – e, assim, a Máquina (ou Magia)". Esta passagem cristaliza o discurso do ódio à tecnologia, ou magia, pois ambas exercem o mesmo poder de sedução, persuasão no homem que, ao se deixar seduzir, perde seus valores, sua humanidade, tornando-se um servo do poder de dominação.

Este efeito de sedução da tecnologia foi amplamente explorado por Paul Virilio, que busca traçar os caminhos do relacionamento entre sociedade e tecnologia. Focando na representação e nos usos dos avanços tecnológicos, o autor evidencia a relação de sedução e de poder:

> No século XIX, dispunha-se de poucos meios técnicos para escapar às condições materiais de uma existência que se desenrolava ainda em baixa velocidade e manter o luxo de um tempo de percurso que esgotasse o tempo de permanência terrestre.
>
> Apelidada de "A Imperatriz Locomotiva", Elizabeth da Áustria-Hungria desaparecia cerca de trezentos dias todos os anos, indo

> de Corfu a Veneza, aos Cárpatos, à Riviera... Entretanto, este perpétuo arremate ferroviário não era suficiente para aplacar seu desgosto fisiológico do corpo pesado. Ela decidiu portanto, de uma vez por todas, que, medindo um metro e setenta e dois, não pesaria nunca mais de cinqüenta quilos e se restringiria a um regime de leite e laranjas e até a um jejum completo, criando assim uma moda que mais tarde iria se generalizar.[42]

Ao relacionar a estética corporal e o novo padrão de beleza do século XX com as máquinas, neste com a força e pujança do motor, começamos a entender por que o esporte toma grande parte da cena no século XX, se estendendo até os dias de hoje. Cada nação quer mostrar que os corpos de seus esportistas estão mais próximos do motor do que os das outras,[43] se mostrando assim mais avançada do que as concorrentes. Esta dinâmica de "adoração" da máquina está presente em diversas esferas da sociedade, não somente no esporte – ela toma de assalto também o design, o padrão estético, a propaganda, entre outros. Segundo Virillio, este novo padrão de homem-máquina só é possível graças a uma sedução do poder representado pela máquina. Esta representação e o aparente "entreguismo" da sociedade perante esta força é uma dos pontos que incomodam extremamente Tolkien.

Ao extrapolar sua crítica para o final do século XIX e o início do século XX, Paul Virilio evoca uma passagem do Manifesto Futurista para nos relembrar como esta proposta artística pregava a união do homem com a máquina, e mais, a invasão do homem pela máquina. Uma verdadeira apologia da máquina, que se concretiza, segundo ele, no

---

42 VIRILIO, Paul. *A arte do motor*, p. 80. Ele se refere à imperatriz conhecida como Sissi (1837-1898), que tinha obsessão por seu peso e foi uma grande viajante.

43 Por trazermos esta dinâmica, não queremos dizer que todas as discussões relativas a esporte e identidade nacional não sejam relevantes, muito pelo contrário; estes apontamentos visam somente acrescentar novos elementos à discussão geral.

final do século XX. Mas fiquemos com a citação utilizada: "Conosco começa o reino do homem com as raízes cortadas. O homem multiplicado que se mistura com o ferro e se alimenta de eletricidade. Preparemos a próxima e inevitável identificação do homem com o motor", proclamava Marinetti em seu Manifesto Futurista de 1910.[44]

Atentemos para a contextualização que Virilio faz da tecnologia na segunda metade do século XX:

> Do darwinismo social à cibernética biotecnológica, havia não mais do que um passo. Este passo foi facilmente dado ao longo da Segunda Guerra Mundial pelos mesmos que se opuseram vitoriosamente à biocracia de um Estado nacional-socialista que fundou sua legitimidade política sobre a utopia de um eugenismo salvador, mobilização e motorização totais sendo nada mais do que os aspectos complementares de uma mesma corrida pela superioridade simultaneamente biológica e tecnológica.[45]

Para ele, a máquina e a tecnologia estão em um movimento – o movimento da velocidade. Este movimento, crescente no Ocidente contemporâneo, transformou diversas instâncias da vida social: a comunicação, os meios de transporte, a percepção de realidade e muitas outras. Aqui, é importante para nós o sentido do real e as representações que foram criadas na cultura ocidental, tendo a máquina como representante.

Ao resgatar diversos processos do século XIX, que envolvem a máquina e a relação que se cria com elas, o autor descortina um processo no qual a humanidade se deixa seduzir pelo poder da máquina, por sua velocidade, por sua destreza, força e robustez.

---

44 VIRILIO, Paul. A *arte do motor*, p. 112.

45 *Ibidem*, p. 117.

A crítica de Virilio aproxima-se muito de diversas "visões" de futuro criadas pela literatura de ficção científica, proeminente no início do século XX (como já discutimos no primeiro capítulo). Ao analisar, em uma de suas obras mais profundas,[46] o poder dos meios de comunicação em tempo real, como ocorre nas redes sociais e nos aplicativos de comunicação atuais, ele cria a expressão "acidente integral", que revela o poder e, ao mesmo tempo, o perigo destas tecnologias de comunicação. Este "perigo" iminente é comparado com o romance de Aldous Huxley, *Admirável mundo novo*, uma fantasia futurista sobre o condicionamento físico e psicológico da população em um sistema totalitarista.

A análise do acidente integral só faz sentido se resgatarmos toda a dinâmica da velocidade e do progresso, analisada por Virilio. Para o autor, não existe progresso, mas sim propaganda do progresso, fenômeno racional que leva a sociedade a aceitar as catástrofes criadas em paralelo aos avanços da máquina. Não é possível pensar em um avanço tecnológico sem lembrar sua força potencial para a catástrofe.

Em um documentário de Stéphane Paoli produzido para o Canal Arte, da TV francesa, em 2009, Virilio expõe sua visão sobre os avanços tecnológicos da contemporaneidade:

> O progresso e a catástrofe são dois lados da mesma moeda. Construir o Airbus 380 é construir 1.000 assentos, 1.000 mortes. Não é triste dizê-lo; definitivamente, é uma realidade, para qualquer invenção, seja ela qual for. Inventar o trem é inventar o descarrilamento, inventar o avião é inventar a queda, acabamos de exemplificá-lo, e inventar o *Titanic* é inventar o naufrágio do *Titanic*. Não há nenhum pessimismo nestas colocações, nenhuma

46 VIRILIO, Paul. A *bomba informática*. São Paulo: Estação Liberdade, 1999.

> desesperança, é um fenômeno totalmente racional. É um fenômeno ocultado pela propaganda do progresso.[47]

Portanto, todo o progresso contém em si o desastre, e este não é resolvido: navios continuam afundando, aviões continuam caindo e carros e trens continuam batendo, e tudo isso com mortes e traumas. Esta falta de resolução dos problemas que acompanham os avanços tecnológicos é mascarada pela propaganda do progresso, que o "vende" como um processo pleno, completo e de avanço e evolução contínuos. Se todo progresso contém em si seu reverso, então a sociedade prepara o cenário do acidente total. A sociedade atual criou o tempo acidental, do qual não participam nem o passado nem o futuro e que é fundamentalmente inevitável.

O acidente integral pode ser representado pelo vírus de computador, que desorganiza um Estado, uma sociedade, um mundo inteiro em segundos. O acidente integral age na velocidade da luz. A comunicação em tempo real já permite mudanças em segundos, na economia, na política, na bolsa de valores etc. No final do século XX, testemunhamos o medo de um acidente integral, o chamado "Bug do Milênio", quando se acreditou que os computadores poderiam entrar em pane com a virada do século e, em consequência disso, todos os sistemas falhariam, os aviões cairiam por sobre as cidades, os semáforos parariam de funcionar, provocando enormes acidentes de carros, os trens perderiam o controle e entrariam descarrilados pelas estações. Pequenas amostras do acidente integral.

Se os autores que versam sobre representações negativas da tecnologia e da máquina utilizam o futuro como enquadramento para suas imagens, por que então Tolkien, que fazia parte do movimento

---

47 PAOLI, Stéphane. *Pensar la Velocidad*. França: Canal Arte, 2009. Disponível em: http://www.youtube.com/watch?v=eXCafb1fmwo. Acesso em 12 nov. 2010.

de representação negativa da máquina e da modernidade, escolheu o passado para ambientar sua narrativa e transmitir suas ideias e críticas?

E mais, por que ele escolheu utilizar a virtude como contraponto para a modernidade? O que o levou a entender que introjetar as virtudes e utilizá-las na batalha é lutar sem se deixar seduzir pela possibilidade de poder da máquina? Como entender que esta construção seja uma crítica ao seu mundo e ao seu momento? Estas são perguntas fundamentais para esta parte do estudo, mas, ao mesmo tempo, exigem uma análise complexa, que articule as mudanças sociais pelas quais o autor passou, com a implantação da modernização e das políticas da modernidade na Inglaterra. Um dos pontos certos quanto à escolha de um cenário antigo, ou mitológico, é a inexistência nele da máquina, do capitalismo e da tecnologia, as desgraças do mundo contemporâneo de Tolkien. Mais à frente, tentaremos identificar os motivos da escolha das virtudes como contraponto à máquina, ponto-chave da obra.

Poderíamos simplesmente explicar dita escolha pela devoção de Tolkien ao cristianismo, mas, então, só estaríamos transplantando o problema para outro nível, pois continuaríamos sem entender o que o levou a escolher o cristianismo e a utilizar seus preceitos como chave da crítica à máquina. Por isso, entendemos que é fundamental concentrarmo-nos nestas escolhas como uma particularidade do autor, mas uma particularidade que revela uma construção que se tornou mundial, uma vez que atingiu diversos públicos ao redor do mundo.

Esta esfera da conexão histórica entre avanços tecnológicos e magia foi explorada também por Susan Sontag quando analisa a fotografia e as relações sociais criadas em torno desta.[48] Para Sontag, a magia é inerente à imagem fotográfica, pois esta cria a sensação de

48 SONTAG, Susan. *Sobre fotografia*. São Paulo: Companhia das Letras, 2004.

reter um momento, reter um "material", que é impossível de reter na modernidade, criando "miniaturas" da realidade. Sontag busca incansavelmente os elementos de sedução desta tecnologia; a ideia de que a fotografia cria a imortalidade do elemento fotografado, frente às mudanças em velocidades cada vez mais rápidas da modernidade, é um destes elementos.

Outro discurso de sedução da máquina é a associação da máquina fotográfica com armas e carros; prova disso é o vocabulário utilizado em propagandas e manuais, como: mirar, disparar etc. "Como armas e carros, as câmeras são máquinas de fantasia cujo uso é viciante",[49] diz ela.

Podemos aqui pensar em uma conexão com as ideias de Paul Virilio em *Guerra e cinema*.[50] Neste estudo, o autor procura identificar os avanços tecnológicos que propiciaram o surgimento do cinema com artefatos de guerra, por exemplo, a manivela que gira o rolo de filme das primeiras câmeras filmadoras proveio da arma Gatling, uma metralhadora de oito canos inventada em 1861, que atirava 1.300 balas por minuto.

Ao analisar os discursos de propaganda de máquinas fotográficas, Sontag (2004) percebeu que o apelo era, quase sempre, mágico. Utilizando-se de frases como "Com um simples toque..." e "Automaticamente, sem mistério...",[51] as propagandas evocavam o fazer mágico da nova tecnologia. Ao comparar fotografia e pintura, a autora levanta uma série de questionamentos e reflexões sobre esta relação, evidenciando a influência de uma sobre a outra. A fotografia foi, em meados do século XIX, utilizada da mesma forma que a pintura, retratando pessoas e lugares, mas, com o passar do tempo,

---

49 *Ibidem*, p. 24

50 VIRILIO, Paul. *Guerra e cinema*. São Paulo: Boitempo, 2005.

51 SONTAG, Susan. *Op. cit.*, p. 32.

foi-se atribuindo à máquina fotográfica a capacidade de ver o que o olho humano não poderia ver, os detalhes, os ângulos, e captar uma parcela do real que não era percebida, apesar de estar lá. É esta possibilidade aberta pela máquina fotográfica que traz um *status* quase mágico a seus produtos, as fotografias:

> Nosso sentimento irreprimível de que o processo fotográfico é algo mágico tem uma base genuína. Ninguém supõe que uma pintura de cavalete seja, em nenhum sentido, cossubstancial a seu objeto; ela somente representa ou alude. Mas uma foto não é apenas semelhante a seu tema, uma homenagem a seu tema. Ela é uma parte e uma extensão daquele tema; e um meio poderoso de adquiri-lo, de ganhar controle sobre ele.[52]

A conexão entre tecnologia e magia não estava fora do contexto de Tolkien, ao contrário, já estava firmada, era utilizada em propagandas e essa tecnologia ganhava, cada vez mais, *status* de salvadora.

Para o sociólogo americano Richard Stivers,[53] esta relação entre magia e tecnologia é socialmente construída ao longo dos séculos XIX e XX. Fundamentalmente por meio das ferramentas de propaganda, constitui-se uma aspiração mágica à tecnologia, vestindo-a com os trajes da salvação e da solução de todos os problemas. A investigação de Stivers caminha para entender o processo constitutivo desta transplantação da magia para a máquina, mas nos deteremos aqui em entender como tal aproximação pode ajudar a problematizar a construção representativa na obra de Tolkien.

Para Stivers, quando existe um *gap* da tecnologia, ou seja, um espaço ainda não penetrado por esta, ou um processo de constituição não dominado/explicado ao público em geral, a magia toma forma. A

52 *Ibidem*, p. 91.

53 STIVERS, Richard. *Technology as magic*. Nova York: Continuum, 2001.

explicação mágica para processos ou espaços não definidos/dominados cria, ao mesmo tempo, um universo de possibilidades e aspirações e uma dinâmica de resultados incertos, pois a magia, diferentemente da técnica, não é empírica. O espaço dominado pela magia é onde se manifestam os desejos inalcançáveis, como o prolongamento máximo da vida ou, no extremo, a imortalidade.

Toda esta relação mágica com a tecnologia é constituída, segundo o autor, durante o final do século XIX e início do século XX, mesmo período no qual Virilio estuda os efeitos de sedução das máquinas. Muito embora Tolkien inaugure uma representação da tecnologia como magia em sua obra literária, a discussão dos efeitos da tecnologia na cultura, na sociedade e na política ocidentais já era um debate assíduo. O conceito da reprodutibilidade técnica de Walter Benjamin é um exemplo disso, a teoria da indústria cultural de Adorno é outro.

Porém, o que diferencia e marca a abordagem de Tolkien é a forma como a crítica à tecnologia toma corpo na narrativa. A tecnologia, ou as máquinas (como o próprio Tolkien sempre preferiu utilizar), obviamente não aparecem na narrativa, pois são representadas pela magia, salvo raras exceções. Mas qual a importância ou a intenção de construir esta representação?

A magia tem um peso fundamental na constituição da relação com a tecnologia, segundo Stivers: "A magia sempre foi relacionada a outras práticas sociais, no entanto, ela só pode ser entendida em conjunção com a religião, ciência e tecnologia, e inserida em um contexto histórico".[54]

---

54 *Ibidem*, p. 207. Magic has always been related to other social practices; therefore, it can only be understood in conjunction with religion, science, and technology, and within a historical context. Tradução nossa.

O autor afirma que se construíram expectativas mágicas para com a tecnologia. Como vimos no capítulo anterior, a propaganda britânica se utilizava muito da ideia de salvação pela tecnologia em seus cartazes e pinturas de guerra. Portanto, a teoria de Stivers está em comunicação direta com o contexto de Tolkien.

Nessa medida, a obra OSdA surge como uma resposta do autor para o mundo em que vivia, um mundo onde ele não se enxergava, não se sentia totalmente conectado. Ela faz reviver continuamente a sensação de estar fora de seu tempo. Esta sensação é fruto de uma compreensão do mundo atual (tecnológico) e de uma total rejeição do mesmo, acrescentando-se a isso, ainda, o sentimento de frustração, pois o mundo segue nesse sentido, dito por ele, "abominável".

Um fato interessante é a publicação do livro *The technological society*, do sociólogo francês Jacques Ellul, em 1954, mesmo ano da publicação dos dois primeiros volumes da trilogia OSdA. Nesse estudo, o autor cunha sua "teoria dos três ambientes" (*theory of the three milieus*), definindo três mudanças drásticas na história ocidental, que separam e modificam o ambiente das sociedades, sendo que o último ambiente:

> O ambiente da tecnologia, pode ser datado no período após a Segunda Guerra Mundial e da generalização do uso de computadores e televisões. A transição para o ambiente da tecnologia inclui os últimos dois séculos.[55]

Lembremos a carta de 30 de janeiro de 1945, onde Tolkien comenta suas impressões com relação ao fim da Segunda Guerra

55 ELLUL, Jacques. *The technological society*. Nova York: Vintage Books, 1967, p. 17. "The milieu of technology, can be dated to the post-World War II period and the widespread use of the computer and television. The transition to the milieu of technology includes the last two centuries." Tradução nossa.

Mundial para seu filho Christopher – referindo-se à ela como a "primeira Guerra das Máquinas".[56]

É no mínimo curioso pensar que esta visão da tecnologia se formava ao longo da primeira metade do século XX na Europa e que foi compartilhada por diversos autores, mesmo que estes não tenham se conhecido ou se relacionado. Não encontramos nenhuma menção de Tolkien a Jacques Ellul, Walter Benjamin, Aldous Huxley ou qualquer outro literato, intelectual ou artista que buscasse estabelecer uma crítica da forma como a sociedade ocidental estava lidando com as máquinas. Porém, acredito que a relação entre estas produções e a obra OSdA, de Tolkien possa ser explorada, na medida que criam uma resposta coletiva à questão da máquina.

Agora, nos resta questionar como estas manifestações tão próximas (no tocante à representação da tecnologia) são produzidas por pessoas tão distantes umas das outras. Mas, aqui, pretendemos somente apontar estas discussões como caminhos possíveis de investigação.

---

56 CARPENTER, Humphrey. *Op. cit.*, p. 111. Citada na íntegra na p. 143.

Visões da Máquina-Magia

As posições de Virilio, Stivers e Sontag em alguns pontos se tocam; muito embora os três autores venham de linhas diferentes, consideramos que a discussão entre suas teorias se mostra muito produtiva para esta pesquisa. A relação mágica da sociedade ocidental com a tecnologia é abordada pelos três autores. Sontag, mais diferentemente, com um estilo benjaminiano de analisar a sedução propagada e atribuída à máquina, busca compreender estes mecanismos, sem desmerecer os avanços tecnológicos por completo.

Já Virilio e Stivers compartilham uma visão extremamente pessimista dos avanços tecnológicos contemporâneos. Stivers acredita que a aura de magia que se desenvolve em paralelo aos avanços tecnológicos e científicos inibe a análise crítica, fazendo com que a sociedade envolvida neste processo se esqueça dos problemas gerados por ele. Já para Virilio, as expectativas mágicas que se ligam à tecnologia e seus avanços criam um problema social, que mascara a real intenção deste discurso e abre portas para desastres de proporções cada vez maiores. Tolkien percebe estes elementos de sedução da máquina (o poder que a máquina pode gerar para quem a possui é o ponto de sedução) e constrói uma crítica diretamente à máquina e às sociedades que se utilizam dela (segundo ele, cedendo à sedução). Esta visão é mais próxima da visão de Virilio sobre tecnologia.

Como vimos, para Virilio não é possível pensar em um avanço tecnológico sem lembrar de sua força potencial para catástrofe. O trem, por exemplo, não pode ser desvinculado do descarrilamento. Tecnologia e catástrofe caminham juntas, sempre.[57]

---

57 Esta teorização de Virilio sobre a tecnologia está bem definida no documentário já citado de Stéphane Paoli.

O pessimismo com relação ao futuro impera nesta visão construída por Virilio, a sensação de que não há para onde olhar sem que se veja catástrofe é enorme, e os avanços tecnológicos parecem monstros à espera de um erro. A catástrofe aparece aqui quase como um castigo à humanidade por ela se utilizar da máquina.

Agora, prestemos atenção à carta de Tolkien a seu filho Christopher, datada de 18 de dezembro de 1944:

> Temo que uma Força Aérea seja uma coisa fundamentalmente irracional *per se*. (...) enquanto a guerra for lutada com tais armas e se aceitem quaisquer benefícios que delas possam advir (tais como a preservação da própria pele e até mesmo a "vitória"), é simplesmente se esquivar do problema considerar as aeronaves de guerra um horror especial. Faço isso o tempo todo.[58]

Ao responder a seu filho, que realizou seu primeiro voo solo pela RAF, ele estabeleceu uma comparação crítica do voo das aeronaves humanas com o voo das andorinhas planadoras, dizendo:

> Lá [no voo mecânico] a tragédia e o desespero de todo maquinário são revelados. Ao contrário da arte, que se contenta em criar um novo mundo secundário na mente, ele tenta tornar real o desejo e, desse modo, criar poder neste Mundo; e isso não pode ser realizado com satisfação real alguma. O maquinário para economizar trabalho cria apenas um trabalho pior e interminável. E, além dessa incapacidade fundamental de uma criatura, a Queda é acrescentada, o que faz com que nossos aparelhos não apenas falhem em seu desejo, mas se tornem um mal novo e horrível. Assim, inevitavelmente, vamos de Dédalo e Ícaro para o Bombardeiro Gigante. Não é um avanço em sabedoria! Essa terrível verdade, vislumbrada muito tempo atrás por Sam Butler,[59] destaca-se tão claramente e é

58 CARPENTER, Humphrey. *Op. cit.*, p. 105.

59 Aqui, Tolkien se refere a Samuel Butler, famoso autor do período vitoriano. Ele realizou traduções de *A Ilíada* e *A Odisseia* para o inglês, e escreveu *Erewhon*,

> tão horrorosamente exibida na nossa época, com sua ameaça ainda pior para o futuro, que parece quase uma doença mental mundial que apenas uma ínfima minoria percebe. Mesmo que as pessoas tenham ouvido as lendas (o que está se tornando mais raro), elas não têm noção do augúrio delas. Como um fabricante de motocicletas pôde chamar seu produto de motos Ixion?! Ixion, que foi preso para sempre no inferno a uma roda que gira eternamente! Bem, já passei das 2 mil palavras nesta frágil cartinha aérea; e perdoarei alguns dos pecados das engenhocas de Mordor se elas puderem levá-la rapidamente a você.[60]

Pecados das engenhocas de Mordor. A sina que a humanidade carrega por utilizar-se da máquina para dominar, cada vez mais, o mundo, a natureza e outros homens é o pecado maior, segundo Tolkien, de seu tempo – lembrando que Mordor é a Terra do Mal, onde vive Sauron e onde todos os pecados da sucumbência à sedução pelo poder são admitidos. Vemos aqui uma semelhança com as análises de Virilio. Em Tolkien, a máquina se personifica, se torna maligna. Em 29 de maio de 1945, escrevendo a Christopher, ele pontua claramente que "é o avião de guerra o verdadeiro vilão. E nada pode realmente reparar meu pesar por você, meu mais amado, ter ligação com ele".[61] A máquina torna-se portadora do mal *per se*, como se fosse possível ela ter consciência e realizar a sedução da tecnologia por vontade própria. Mais à frente nessa mesma carta, Tolkien ainda revela sua enorme decepção com a humanidade por se utilizar de máquinas, comparando esta à decepção que seu personagem Frodo

---

utopia em que as máquinas criam consciência e se apossam dos homens, publicada anonimamente em 1872.

60 CARPENTER, Humphrey. *Op. cit.*, p. 89.

61 *Ibidem*, p. 145.

sentiria se "descobrisse que alguns Hobbits aprenderam a montar aves Nazgûl 'para libertação do Condado'".[62]

Para captar a aura de maldade, pessimismo e pecado introjetada na tecnologia, vamos analisar três passagens da literatura, nas quais a tecnologia é representada como magia, medo e castigo ao mesmo tempo. A primeira delas diz respeito a um artefato que está na posse de Saruman. Quando o lado do bem o atacou, com a ajuda dos ents, o artefato passou para as mãos da Comitiva do Anel, chamado de Palantír, e sua forma era a de uma esfera reluzente, como se houvesse um mundo dentro dela. Em determinado momento, Pippin, tomado pela curiosidade e pela sedução que aquela peça exercia sobre ele, se joga para tocá-la e sentir seu poder. Mas antes de adentrar no texto em que as consequências deste ato nos são reveladas, vejamos a descrição que Gandalf faz do Palantír.

> — O nome significa que enxerga de longe. A pedra de Orthanc era um deles.
>
> — Então ela não foi feita... não foi feita — Pippin hesitou — pelo Inimigo?
>
> — Não — disse Gandalf — Nem por Saruman. Está além de sua arte, e além da arte de Sauron também. Os palantír vieram de além do Ponente, de Eldamar. Os Noldor os fizeram. O próprio Fêanor, talvez, os tenha feito, em dias tão distantes que o tempo não pode ser medido em anos. Mas não há nada que Sauron não possa desviar para usos malignos.

62 TOLKIEN, J. R. R. *Op. cit.*, vol. II, p. 115. Vale lembrar que, na narrativa, os hobbits se articulam e travam uma batalha direta contra os orcs que dominavam o Condado, libertando-o, mas não sem alguns mortos e feridos.

Pobre Saruman! Foi sua desgraça, percebo agora. Perigosos para todos nós são os instrumentos de uma arte mais profunda do que a possuída por nós mesmos. Mesmo assim ele deve carregar a culpa. Tolo!, quis mantê-lo em segredo, para seus próprios interesses. Nunca disse uma palavra sobre a pedra a ninguém do Conselho. Não tínhamos pensado ainda no destino dos palantíri de Gondor em suas guerras desastrosas. Pelos homens foram praticamente esquecidos. Mesmo em Gondor, eram um segredo conhecido por poucos; em Arnor, eram lembrados apenas numa rima da tradição entre os Dúnedain.

— Com que finalidade os Homens de Outrora os usavam? — perguntou Pippin, deliciado e atônito ao conseguir respostas para tantas perguntas, e imaginando o quanto aquilo iria durar.

— Para enxergar à distância, e conversar em pensamento uns com os outros — disse Gandalf. — Dessa maneira, protegeram e uniram por muito tempo o reino de Gondor. Colocaram Pedras em Minas Anor, em Minas Ithil e em Orthanc, no círculo de Isengard. A principal, a pedra mestra, estava sob a Cúpula das Estrelas em Osgiliath, antes de sua destruição. As outras três estavam muito distantes, no norte. Na casa de Elrond, conta-se que elas estavam em Armúminas, e em Amon Súl, e a Pedra de Elendil estava sobre as Colinas das Torres, que olhavam na direção de Mithlond no Golfo de Lúri, onde jazem os navios cinzentos.

> — Cada palantír se comunicava com os outros, mas todos os que estavam em Gondor estavam sempre abertos à vista de Osgiliath. Agora parece que, assim como a rocha de Orthanc resistiu às tempestades do tempo, também o palantír daquela torre permaneceu. Mas sozinho ele não poderia fazer nada além de ver pequenas imagens de coisas distantes e dias remotos. Muito útil, sem dúvida, ele era para Saruman; apesar disso, parece que ele não ficou satisfeito. Olhou mais e mais além, até que lançou seu olhar sobre Barad-dûr. Então foi pego![63]

Após se aventurar no mundo da comunicação à distância, o próprio hobbit nos descreve o que lhe aconteceu ao tocar aquele instrumento:

> — Eu, eu peguei a bola e olhei para ela — gaguejou Pippin —, e vi coisas que me fizeram sentir medo. E queria me afastar, mas não consegui. Então ele veio e me interrogou; e olhou para mim, e, e isso é tudo.
>
> — Isso não serve — disse Gandalf asperamente. — O que você viu, e o que você disse?
>
> Pippin fechou os olhos e estremeceu, mas não disse nada. Todos o olhavam em silêncio, com a exceção de Merry, que se virou para o outro lado. Mas o rosto de Gandalf ainda estava inflexível.
>
> — Fale! — disse ele.

---

63 *Ibidem*, p. 296-297.

Numa voz baixa e hesitante, Pippin começou outra vez, e lentamente suas palavras foram ficando mais claras e fortes.

— Vi um céu escuro, e altas ameias — disse ele. — E pequenas estrelas. Tudo parecia muito longínquo e muito distante no tempo, mas, apesar disso, nítido e frio. Então as estrelas desapareceram e reapareceram — estavam sendo bloqueadas por seres com asas. Muito grandes, eu acho, realmente; mas no cristal pareciam morcegos rodeando a torre. Tive a impressão de que havia nove deles. Um começou a voar na minha direção, ficando cada vez maior. Tinha um horrível — não, não! Não posso dizer.

— Tentei fugir, porque achei que ele ia voar para fora; mas quando ele tinha coberto todo o globo desapareceu. Então ele veio. Não falou de modo que eu pudesse ouvir palavras. Apenas olhou, e eu entendi.

— "Então você voltou? Por que deixou de dar notícias por tanto tempo?"

— Não respondi. Ele disse: "Quem é você?". Eu ainda não respondi, mas isso me machucava terrivelmente; e ele me pressionou, então eu disse: "Um hobbit."

— Então de repente ele pareceu me enxergar, e riu de mim. Foi cruel. Foi como ser cortado a facadas. Eu lutei. Mas ele disse: "Espere um momento! Logo vamos nos encontrar de novo. Diga a Saruman que esse regalo não é para ele. Vou mandar buscá-lo imediatamente. Está entendendo? Diga apenas isso!"

> — Então ele olhou para mim todo satisfeito. Senti que estava sendo despedaçado. Não, não! Não posso falar mais nada. Não me lembro de mais nada.[64]

Fica clara uma coisa com estas duas passagens: o Palantír, um artefato mágico que pode ser entendido como representação das tecnologias de comunicação e visão à distância, é caracterizado como algo que contém em si extremo perigo. Ele é tão perigoso que poderia ter custado a Pippin sua vida ou mesmo o sucesso de toda a missão articulada por Gandalf para salvar o mundo. Uma frase da descrição do artefato nos interessa mais profundamente: "Perigosos para todos nós são os instrumentos de uma arte mais profunda do que a possuída por nós mesmos". Ou seja, basear seus feitos em um poder que é externo ao ser humano é perigoso. Esta construção faz total sentido dentro da narrativa, uma vez que o autor está articulando a ideia de que as virtudes internas do homem são o que o amarra ao bem. Podemos perceber então que tanto Pippin quanto Saruman (em escalas diferentes) sofrem o castigo por quererem mais, por se deixarem seduzir pela representação do poder que estas peças mágico-tecnológicas possuem – a vontade de ter ou saber mais é o que os faz utilizar o artefato e é o que os fará cair em tentação e se perder.

Ou seja, podemos chegar a uma conclusão com base nesta construção: a de que utilizar a magia implica um castigo. Esta ideia de castigo implícito à utilização da máquina é construída de forma subliminar na obra de Tolkien, mas não deixa de ter importância fundamental na narrativa. Veremos agora, na terceira passagem que completa o quadro proposto, outro efeito causado pela tecnologia quando utilizada para fins malignos. Além de a magia/tecnologia ser sedutora

---

64 *Ibidem*, p. 289-290.

e trazer consigo um castigo para quem a usa, ela provoca medo e por isso é tão poderosa. Na passagem a seguir, o exército de Sauron ataca os humanos na cidade de Minas Tirith e conta com uma arma voadora e mágica:

> De repente, enquanto conversavam, emudeceram, como se transformados em pedras alertas. Pippin se agachou tapando os ouvidos com as mãos, mas Beregond, que estivera olhando para fora no parapeito enquanto falava de Faramir, permaneceu ali, imóvel, com o olhar assustado. Pippin conhecia o grito arrepiante que ouvira: era o mesmo que ouvira havia muito tempo no Pântano do Condado, mas agora crescera em força e ódio, atravessando o coração com um desespero venenoso.
>
> Finalmente Beregond falou com dificuldade.
>
> — Eles chegaram! — disse ele. — Tome coragem e olhe! Há seres cruéis lá embaixo.
>
> Com relutância Pippin subiu no banco e olhou por sobre a muralha. O Pelennor jazia escuro abaixo dele, desaparecendo na linha quase invisível do Grande Rio.
>
> Mas agora, voando em rápidos círculos através dele, como sombras de uma noite precoce, ele viu no ar, abaixo de onde estava, cinco figuras semelhantes a pássaros, horríveis como aves carniceiras, e apesar disso maiores que águias, cruéis como a morte. Em alguns momentos voavam mais baixo, arriscando-se a chegar quase ao alcance das flechas que

> vinham das muralhas, outras vezes voavam para longe em círculos.
>
> — Cavaleiros Negros! — murmurou Pippin. — Cavaleiros Negros do ar! Mas veja, Beregond! — exclamou ele. — Com certeza estão procurando algo. Veja como eles fazem círculos e mergulham em vôos rasantes, sempre descendo na direção daquele ponto ali. E você está vendo alguma coisa se mexendo no chão? Coisinhas escuras. Sim, homens montados em cavalos: quatro ou cinco. Ah! Não consigo suportar isso! Gandalf! Gandalf, salve-nos! Um outro grito penetrante cresceu e diminuiu, e Pippin se jogou da muralha de novo, ofegando como um animal acossado. Fraco e aparentemente remoto, através daquele grito estarrecedor, ele ouviu subindo lá de baixo o som de uma trombeta terminando numa nota longa e aguda.
>
> — Faramir! O Senhor Faramir! É o chamado dele! - gritou Beregond.
>
> — Homem corajoso! Mas como poderá alcançar o Portão, se esses nojentos falcões do inferno tiverem outras armas além do medo?[65]

Aqui podemos perceber o grande medo que causa o uso da tecnologia, podemos até mesmo pensar no impacto que as tecnologias de guerra causam nos combatentes que a encontram, como, por exemplo, um homem vendo um tanque Panzer avançando em sua direção sem nunca ter tido contato com nada parecido. O impacto mental de

65 TOLKIEN, J.R.R. *Op. cit.* vol. III, p. 104.

terror e medo é incalculável e sem fim, pois as tecnologias estão sempre se superando, em prol, exatamente, deste impacto, que deve ser sempre atualizado, pois é com este efeito que a sedução age. Esta aura de total desespero, terror e medo causada pelo uso da magia/tecnologia pelo inimigo é bem marcante na batalha e, ainda, ela é sempre acompanhada de uma súplica pela utilização da mesma arma. Como pudemos perceber na passagem anterior, logo após o medo causado, vem o pedido para que Gandalf utilize a magia para combater as armas do inimigo, o que não acontece. E este posicionamento de Gandalf também é muito importante para nossa discussão das representações de magia, sedução e tecnologia na obra de Tolkien.

Esta esfera de horror tecnológico foi registrada, ainda no calor da Segunda Guerra Mundial, por um dos historiadores mais basilares do ocidente. Marc Bloch lutou pelo exército francês nos dois conflitos mundiais, e relatou sua experiência sobre a derrota francesa para a Alemanha em um relato histórico. Existe uma passagem neste texto que consideramos extremamente reveladora para nosso estudo sobre o impacto e a representação das tecnologias.

> Conta-se que, antes de estabelecer seus planos de combate, Hitler cercou-se de especialistas em psicologia. Ignoro se é verdade. Mas não me parece inverossímil. Com certeza os ataques aéreos que os alemães praticavam com tanto brio atestavam um conhecimento bastante profundo da sensibilidade nervosa e dos meios para abalá-la. Quem, depois de ouvir uma vez, poderá esquecer o assobio dos aviões quando "mergulham" em direção ao solo, prontos para cobri-lo de bombas? Aquele longo grito estridente[66] não assustava apenas por sua associação a imagens de morte e ruína. Por si só, por suas qualidades propriamente acústicas, ouso dizer, ele crispava completamente o indivíduo, preparando-o para o pânico. Ora,

66 Os caças-bombardeiros Junkers J-82 Stuka eram equipados com uma sirene que emitia um estridente assobio quando o aparelho mergulhava para lançar bombas.

> ele parece ter sido voluntariamente intensificado com a ajuda de aparelhos vibratórios apropriados, pois o bombardeio aéreo não foi concebido pelos alemães apenas como um meio de destruição e massacre. Por mais próximos que estivessem os alvos, os projéteis só conseguiam atingir um número relativamente pequeno de homens. Um choque nervoso, ao contrário, podia se propagar amplamente e debilitar a capacidade de resistência das tropas em vastas extensões. Esse era, sem dúvida alguma, um dos principais objetivos do comando inimigo ao lançar sobre nós, em ondas sucessivas, a sua aviação. O resultado correspondeu mais do que bem às expectativas.[67]

Podemos perceber, por meio das imagens contidas neste relato, o papel que a tecnologia representa para a sociedade da primeira metade do século XX, envolvida por uma aura de horror. O efeito causado pelo uso da tecnologia aqui é muito próximo daquele causado nos humanos quando entram em contato com as criaturas voadoras de Sauron, e, o principal, o grito destas criaturas, em conjunto com sua aparência e representação, causam o terror psicológico sentido por Bloch na guerra. Logo, esta forma de representar a máquina como uma possibilidade de terror e perigo não é uma imagem particular de Tolkien, mas compartilhada por outros atores sociais, em diferentes lugares do mundo. O que queremos evidenciar aqui é que a imagem da tecnologia como terror e perigo não se restringe às máquinas de guerra, mas carrega delas, como essência, a figura do medo, transplantada às tecnologias civis.

O filósofo Paul Virilio procura identificar a construção do discurso de sedução do poder que a tecnologia traz, que ele qualifica como "propaganda do progresso". Este faz com que todos suprimam as catástrofes criadas pelas máquinas e abracem cada novo avanço

67 BLOCH, Marc. A *estranha derrota*. Rio de Janeiro: Zahar, 2011.

tecnológico como o último sopro de modernidade, evidenciando que a sensação de a tecnologia ser algo profano permanece ali. Ou seja, é uma construção do tempo dos autores. Virilio também viveu a Segunda Guerra Mundial, embora bem mais jovem que Tolkien (ele nasceu em 1932 e Tolkien, em 1892), e ambos construíram visões aproximadas da tecnologia, da máquina e de seus efeitos na civilização. Além disso, devemos perceber que a grande maioria das representações da tecnologia, geralmente críticas, são datadas do final do século XIX e vão até meados do século XX; existe aí um movimento que merece ser investigado a fundo, como já falamos.

Devemos retomar aqui um dado de análise importante: a forma como os personagens (do bem) se relacionam com a magia, tendo em vista que a magia é a representação da máquina e, portanto, do mal. Na narrativa, nenhum deles se utiliza da magia nas batalhas, somente em casos extremos, mas nunca diretamente contra o inimigo. As armas dos personagens do bem, além de espadas, flechas e machados, são suas virtudes. São elas que lhes dão a força necessária ao combate, elas que vencem a guerra contada no livro, e não a magia.

Vamos acompanhar uma passagem do primeiro volume da trilogia. Nela, os personagens se veem em situação de extremo perigo. Quando os integrantes da comitiva estão lutando para sair de um complexo de minas de anões, chamado Moria, uma "figura escura, envolvida em fogo, corria em direção a eles".[68] Esta figura enorme é chamada de *balrog*. O grupo tenta fugir, correndo por uma ponte estreita que leva à saída das minas, mas Gandalf (ciente do perigo que aquela criatura significava) para no meio da ponte a fim de impedir o avanço da criatura.

68 TOLKIEN, J. R. R. *O Senhor dos Anéis*, vol. I: *A Sociedade do Anel*. São Paulo: Martins Fontes, 1999, p. 350.

O balrog alcançou a ponte. Gandalf parou no meio do arco, apoiando-se no cajado com a mão esquerda, mas na outra mão brilhava Glamdring [espada de Gandalf], fria e branca. O inimigo parou outras vez, enfrentado-o, e a sombra à sua volta se espalhou como duas grandes asas. Levantou o chicote, e as correias zuniram e estalaram. Saía fogo de suas narinas. Mas Gandalf ficou firme.

— Você não pode passar — disse ele. Os orcs estavam quietos, e fez-se um silêncio mortal. — Sou um servidor do Fogo Secreto, que controla a chama de Anor. Você não pode passar. O fogo negro não vai ajudá-lo em nada, chama de Udûn. Volte para a Sombra! Não pode passar.

O balrog não fez sinal de resposta. O fogo nele pareceu se extinguir, mas a escuridão aumentou. Avançou devagar para a ponte, e de repente saltou a uma enorme altura, e suas asas se abriram de parede a parede, mas ainda se podia ver Gandalf, brilhando na escuridão; parecia pequeno, e totalmente sozinho: uma figura cinzenta e curvada, como uma árvore encolhida perante o início de uma tempestade.

Saindo da sombra, uma espada vermelha surgiu, em chamas.

Glamdring emanou um brilho branco em resposta.

Houve um grande estrondo e um golpe de fogo branco. O balrog caiu para trás e sua espada voou, partindo-se em muitos pedaços que se derreteram.

> O mago se desequilibrou na ponte, deu um passo para trás e mais uma vez ficou parado.
>
> — Você não pode passar! — disse ele.
>
> Num salto, o balrog avançou para cima da ponte. O chicote zunia e chiava.
>
> (...)
>
> Nesse momento, Gandalf levantou o cajado e, gritando bem alto, golpeou a ponte. O cajado se partiu e caiu de sua mão. Um lençol de chamas brancas se ergueu. A ponte estalou. Bem aos pés do balrog se quebrou, e a pedra sobre a qual estava caiu dentro do abismo, enquanto o restante permaneceu, oscilando, como uma língua de pedra estendida no vazio.
>
> Com grito horrendo, o balrog caiu para a frente, e sua sombra mergulhou na escuridão, desaparecendo. Mas, no momento em que caía, brandiu o chicote e as correias bateram e se enrolaram em volta dos joelhos do mago, arrastando-o para a borda. Ele perdeu o equilíbrio e caiu, agarrando-se em vão à pedra, e escorregou para dentro do abismo. — Fujam, seus tolos! — gritou ele, e desapareceu.[69]

Em nenhum momento o mago se utiliza de magia para atacar o inimigo; quando entra em confronto direto é por meio da espada – e ele acaba por se sacrificar para salvar seus amigos. É a virtude dele que salva e vence, não a magia ou seu poder de destruição. É desta forma que todos os personagens da narrativa se comportam durante

69 *Ibidem*, p. 350-351.

todo o desenrolar da história. No mundo ideal de Tolkien, a Terra-Média, as guerras contra o mal seriam vencidas com virtudes, e não com armas e máquinas. Uma vez que são as virtudes de Frodo que o fazem vencer, definitivamente, a guerra, com a destruição do Um Anel. Para ele, se utilizar da máquina é um perigo e um erro, como já vimos anteriormente. Logo, a máquina levará toda a civilização à destruição pela cobiça de um poder inesgotável.

Esta dimensão dos usos da máquina e das novas tecnologias foi discutida em um artigo pelo crítico inglês Raymond Williams.[70] Ao trabalhar com as relações entre cultura e tecnologia, o autor emerge com a problemática do determinismo tecnológico. Dentro desta concepção histórica, toda nova tecnologia traz consigo o fim de um modo de vida anterior, sempre relacionado à cultura – por exemplo, o computador acabará com o uso do papel. Desta forma, é como se os avanços tecnológicos tivessem, obrigatoriamente, que acabar com algum aspecto da vida atual. Para examinar esta forma de pensamento, o autor procura suas raízes e chega ao pessimismo cultural, que não pode, segundo ele, ser desmembrado do determinismo tecnológico. Este discurso faz com que diversas dinâmicas da implantação de novas tecnologias sejam suprimidas, como as políticas, sociais e culturais. Estas dinâmicas são importantes, pois são elas que ditam a velocidade da mudança, seus impactos e usos; se as suprimirmos, teremos um grande vácuo no processo e estaremos diante da inovação pela inovação, como se uma descoberta nova viesse do nada e fosse diretamente implantada em nossas vidas. Esta descrição cria uma aura mágica para a tecnologia e seu processo constitutivo.

Porém, o pessimismo cultural antecede o determinismo tecnológico. Conforme o acesso à dita "alta cultura" foi se expandindo, o

---

70 WILLIAMS, Raymond. *Politics of modernism*. Londres: Verso Books UK, 2007.

pessimismo cultural foi tomando conta das discussões daqueles que eram contra este acesso. Como exemplo, Williams puxa a inovação da impressão de livros mecanizada, que foi extremamente criticada por diversos setores no século XVII, mas que em sua época era um dos símbolos da cultura literária e que tem, supostamente, sua vida ameaçada pela era digital. Com o advento das mídias de massa, este pessimismo se agrava e torna-se um divisor de águas, existindo aqueles que apoiam a implantação das novas tecnologias e as usam e aqueles que são contra elas e pregam sua extinção, alegando que ela matará formas tradicionais de cultura. Por fim, Williams faz uma discussão sobre as possibilidades que as novas tecnologias de comunicação trazem para o cenário cultural como um todo. Sem excluir os produtos puramente mercadológicos que acompanham esta tecnologia, ele evidencia que, se os artistas, produtores e consumidores utilizarem os novos canais, é possível incentivar novas práticas e movimentos culturais de qualidade crítica. Logo, o autor defende que a tecnologia em si não importa, e não pode carregar a destruição de um modo de vida ou algo semelhante, pois o que realmente importa, e dá o tom dos efeitos, é o uso que se faz dela; esta é a escolha de futuro que a sociedade quer. Esta esfera da escolha e sua valorização enquanto baliza dos efeitos das novas tecnologias no mundo nos será muito útil em breve.

Mas resta-nos, ainda, uma última definição a realizar: precisamos captar o que Tolkien entendia por magia, ou pelo menos, o que quis construir com a magia em sua obra. Além, claro, de ser uma forma de representar a sedução do poder presente na máquina em seu tempo atual, o que não podemos afirmar ser uma construção puramente consciente em todos os momentos e nem inconsciente. Este não é, e nem foi, o foco deste estudo até aqui, mas acreditamos ser importante uma breve análise agora, mesmo porque o próprio autor só foi formalizar seu conceito e entendimento de magia posteriormente à publicação da obra. Embora isso não queira dizer que ele não tivesse desenvolvido o conceito em tempos anteriores a este período. Durante todo o período da escrita da obra, não foi possível identificar um posicionamento claro de Tolkien sobre a magia, o que ela significava ou representava. Mas, em 25 de setembro de 1954, Tolkien responde a uma leitora que questiona algumas coisas da obra e lhe passa uma crítica muito positiva da trilogia. Ao final desta carta, existe uma página inteira que permaneceu no rascunho e não foi enviada na correspondência. Ela contém uma série de definições sobre magia. Tolkien já começa este trecho da carta se desculpando pela forma ambígua como se utilizou da ideia de magia na obra:

> Receio que eu tenha sido casual demais sobre "magia" e especialmente sobre o uso da palavra; apesar de Galadriel e outros mostrarem, pela crítica ao uso "mortal" da palavra, que o pensamento sobre ela não é inteiramente casual. Mas essa é uma questão m. ampla e difícil; (...) Não pretendo envolver-me em qualquer discussão sobre se a "magia" em qualquer sentido é real ou realmente possível no mundo.[71]

Logo em seguida, Tolkien define como a magia aparece na obra e justifica seu uso, pelo lado do bem e do mal:

> Mas suponho que, para os propósitos da história, alguns diriam que há uma distinção latente, tal como certa vez foi chamada a distinção entre magia e goécia [feitiçaria]. Galadriel fala dos "artifícios do Inimigo". De fato, mas a magia podia ser, era, considerada boa (*per se*), e a goécia, má. Nenhuma das duas, nesta história, é boa ou má (*per se*), mas apenas pelo motivo, propósito ou uso. Os dois lados usam ambas, mas com motivos diferentes. O motivo supremamente maligno é (para esta história, visto que é especialmente

---

71 CARPENTER, Humphrey. *Op. cit.*, p. 192.

> sobre ele) o domínio de outras vontades "livres". As operações do Inimigo não são de modo algum todas elas artifícios goéticos, mas "magia" que produz efeitos reais no mundo físico. Mas, sua magia, ele a usa para intimidar tanto pessoas como coisas, e sua goécia para aterrorizar e subjugar. Os Elfos e Gandalf usam sua magia (com parcimônia): uma magia que produz resultados reais (como fogo em feixe úmido) para propósitos benéficos específicos.[72]

A diferenciação enunciada por Tolkien na carta definitivamente não aparece na obra, a não ser por passagens em que algum personagem utiliza a palavra "feitiço", sempre em relação a algum sortilégio do inimigo (como pudemos verificar em passagens analisadas anteriormente, nas quais o inimigo utiliza feitiços para guerrear, como no caso de Grond na batalha de Minas Tirith). Contudo, isto tampouco é regra, o inimigo usa magia tanto quanto o lado do bem. Mas percebemos que, na realidade, a magia em si não é importante, os dois lados a usam, mas só um dos lados a usa de modo justificado. O lado do bem nunca usa magia para atacar o inimigo, como pudemos verificar anteriormente. Mas aqui, nesta carta, temos a confirmação de que esta escolha de construção foi totalmente intencional.

Na obra, Tolkien dá algumas pistas da existência da diferenciação entre magia e feitiço e da confusão que ela causa entre as raças menos envolvidas com os diversos tipos de mágica. No primeiro volume da trilogia, Frodo e Sam estão conversando com Galadriel (rainha de Lórien) e discutindo acerca de seu espelho d'água mágico, que permite ver a distâncias enormes somente aproximando os olhos dele. Neste momento, ela, ao explicar o funcionamento do espelho, evidencia o problema de interpretação do conceito de magia: "Isto é

72 *Ibidem*, p. 193. Goécia, *Ars Goetia* ou magia goética poderia ser traduzida como feitiçaria, diz respeito à invocação de 72 demônios, conforme o livro de magia *A chave menor de Salomão* (ou *As clavículas de Salomão*), do século XVII.

o que seu povo chamaria de mágica, eu acho, embora não entenda claramente o que querem dizer, além do fato de eles usarem, ao que parece, a mesma palavra para os artifícios do Inimigo".[73]

Mas, ainda assim, não conseguimos, com estes trechos, compreender o que é abarcado no conceito de magia utilizado por Tolkien. O último parágrafo desta mesma carta nos dá uma definição um pouco misturada e confusa de magia:

> Ambos os lados vivem principalmente por meios "usuais". O Inimigo, ou aqueles que se tornaram como ele, dedicam-se ao "maquinário" – com efeitos destrutivos e malignos – porque os "mágicos", que ficaram preocupados mormente em usar a magia para seu próprio poder, assim o fariam (e assim o fazem). O motivo básico para a magia – independente de qualquer consideração filosófica sobre como ela funcionaria – é a imediação: velocidade, redução de trabalho e redução também a um mínimo (ou ponto de convergência) do intervalo entre a ideia ou desejo e o resultado ou efeito. Mas a magia pode não ser fácil de se obter e, de qualquer maneira, se você tem o controle de trabalho escravo abundante ou maquinário (com freqüência apenas a mesma coisa, oculta), pode ser tão rápido ou rápido o suficiente para derrubar montanhas, devastar florestas ou construir pirâmides por tais meios. Surge então, é claro, outro fator, moral ou patológico: os tiranos perdem de vista objetivos, tornam-se cruéis e gostam de esmagar, ferir e macular como tais.[74]

Desta forma, podemos perceber que o autor reitera que é a utilização da magia que determina quem é o bem e quem é o mal, é ela, na verdade, que define o bem e o mal. Ou seja, é a escolha que delimita o efeito (Williams) e é por ela que sabemos qual lado o ator ocupa na batalha moral. Mas podemos ainda retirar desta carta uma definição de magia que está muito próxima de uma definição de tecnologia.

---

73 TOLKIEN, J. R. R. *Op. cit.*, vol. I, p. 385.

74 CARPENTER, Humphrey. *Op. cit.*, p. 193.

Quando o autor fala que o motivo básico da magia é a mediação, ou seja, reduzir o esforço para atingir objetivos que exigiriam trabalho muito grande e demorado, ou de muitas pessoas, não conseguimos mais estabelecer uma diferença clara entre este conceito e o de tecnologia que expusemos no começo deste capítulo. Ou seja, a máquina, ou maquinário, como o autor utiliza, torna possível o desejo da magia. Por isso seu forte poder de sedução.

Por esta parte da carta não enviada ao seu destinatário é possível compreender a comparação entre magia e tecnologia estabelecida por Tolkien. De fato, a concepção de magia só é possível com o advento da tecnologia, e ela é criada ou utilizada exatamente como crítica ao novo processo de popularização das máquinas e da tecnologia. Inclusive, nesta carta, Tolkien faz uma crítica muito interessante, quando diz que o trabalho escravo e o maquinário são a mesma coisa, ou seja, a utilização das novas máquinas é uma nova forma de escravismo. Crítica presente em diversas obras de sua contemporaneidade, que vão desde o cinema, com Charles Chaplin, até a literatura, com Aldous Huxley e George Orwell.

Paul Virilio chama nossa atenção para o processo constitutivo das máquinas que nos cercam em meados do século XX. Seu principal apontamento é que as máquinas que conhecemos vieram, em sua esmagadora maioria, da guerra, foram primeiro desenvolvidas para a guerra e depois se tornaram de uso civil. Ou seja, a crítica de Tolkien é dirigida à máquina e ao processo de modernização, que ele vive intensamente, e advém quase inteiramente da guerra. Por isso, a crítica contida na obra não pode ser desvinculada do conflito entre as nações naquele período, mas não deve ser ligada diretamente apenas a eventos da Segunda ou da Primeira Guerra Mundial, mas sim ao que elas representam enquanto processo, enquanto mudança e dinâmica sociais.

A forma como a crítica é construída nos faz entender que a única saída para o processo de modernização é valorizar o único ponto em que a máquina não pode ser melhor do que o homem. Uma vez que a essência da máquina, assim como a da magia, é fazer seu usuário atingir o mesmo objetivo de uma pessoa que não a use, mas com menos esforço, ela se torna algo extremamente racional e frio, puramente prático. Logo, o que coloca equilíbrio nesta equação é o humano, o sentimento humano – para Tolkien, a virtude, que não pode existir na máquina nem na magia. Por este motivo, acreditamos, as virtudes são tão valorizadas na obra de Tolkien, e são elas que efetivamente fazem a diferença para salvar o mundo. As máquinas não podem ter virtudes, este é o contraponto e o que nos diferencia.

Por fim, não podemos esquecer que toda obra é uma articulação de discursos, que muitas vezes podem ser contraditórios – conforme diz Foucault (1996). Tolkien faz a crítica à modernidade, mas, ao mesmo tempo, se apossa do discurso religioso das virtudes como maior valor do homem, aquilo que, na essência, o torna humano e o diferencia da máquina. E esta é a resposta à nossa pergunta anterior. Quando buscamos identificar as formas de representação do poder, de sua sedução e da máquina, que aparecem todas na forma da magia no interior da obra de Tolkien, tínhamos a intenção de compreender estas construções como respostas do autor ao seu mundo. Após compreendermos que a máquina (assim como a magia) é vista como primeiro passo para se deixar seduzir pelo mal, dependendo do uso que se faz dela, conseguimos, agora, perceber que as virtudes são levantadas, pelo autor, como única forma de contraponto à máquina. As virtudes, como vimos, são o que define o humano para o autor e, desta forma, são o que nos diferencia da máquina, pois esta não poderá, nunca, ter virtudes. Mais uma vez, é o uso, ou a escolha

– utilizando as colocações de Raymond Williams (2008) – que determina a diferença entre quem se deixa dominar pela sedução e se torna, como a máquina, sem virtudes, e quem luta contra ela e se agarra às suas virtudes.

Mas, ao mesmo tempo em que Tolkien critica veementemente a vontade de dominação de um sobre o outro, seja pela máquina ou pela magia, ele justifica a necessidade da guerra como única forma de a batalha moral, do bem contra o mal, se resolver, evidenciando estes discursos contraditórios. Investigamos a formação de certos conceitos, atrelando as cartas de Tolkien e as passagens da narrativa, para mostrar que tais conceitos não são lineares. Por mais que possamos identificar um padrão ou uma intenção "maior" neles, o processo constitutivo das intenções e discursos nos mostra a inconstância e, muitas vezes, incoerência, como no exemplo em que o autor se manifesta claramente contra a guerra tecnológica, a modernidade e as políticas de modernização, mas não abre mão do conflito como forma de resolver a eterna luta do bem conta o mal.

Portanto, uma obra não é resultado de uma coerência, ou de um único processo ou da individualidade de um autor coeso, mas, sim, de um ser social que se relaciona com outros seres e com o mundo, ou mundos, à sua volta, colhendo fragmentos de discursos que lhe servem para situações específicas. Se formos à literatura procurando coerência ou respostas únicas para um determinado contexto, sairemos totalmente frustrados, uma vez que o mundo e o ser humano moderno não se apresentam desse modo, e a literatura, assim como todas as formas de arte, partem deste ser humano. Logo, a maior contribuição que o estudo de obras literárias pode trazer para a história é revelar e desnudar como, em um mesmo tempo, diversos discursos e práticas (que, se analisados isoladamente, seriam tidos como contraditórios e impossibilitados de ocupar o mesmo espaço) se relacionam, se completam e constroem um sentido, não único, mas ramificado, como pudemos experimentar por meio da análise da obra de J. R. R. Tolkien, a trilogia O *Senhor dos Anéis*.

Conclusões

A realidade se torna mais real quando vista de fora. Esta concepção, criada por Tolkien em uma de suas cartas – na metáfora do peixe –, completa diversos entendimentos da narrativa. Mas, ao mesmo tempo, ela é uma ideia não atingível integralmente, pois não temos como nos transportar inteiramente para um mundo não real e ver o mundo real a partir de lá – a única parte de nós que tem esse poder é a mente. Logo, é ela que deve ser transportada para que este circuito seja feito.

Pudemos acompanhar ao longo deste livro uma investigação realizada pelas diversas representações contidas na obra de J. R. R. Tolkien. Esta investigação buscou evidenciar a obra OSdA como detentora de críticas e construções representacionais dos processos de modernidade e modernização pelos quais o autor passou em sua vida. Por muitos anos, a obra de Tolkien foi classificada como literatura juvenil, literatura de massa ou simples entretenimento. Aqui, porém, tentamos evidenciar que estes rótulos são maléficos, pois retiram da obra a possibilidade crítica, claramente presente na narrativa.

Trabalhamos, neste texto, com a posição de que Tolkien é um autor moderno e sua obra revela um cenário de problemas encarados por ele como mudanças políticas, econômicas e sociais que afetam diretamente a constituição do ser humano. Ao construir uma representação destes problemas, e de como lutar contra eles, o autor quer levar nossa mente a um terreno não real, para assim vermos a gravidades dos fatos do real.

Como já falamos anteriormente, diversos problemas encarados por Tolkien estão presentes ainda hoje em nossas vidas – a sedução do poder que a tecnologia e a máquina representam ainda move grandemente a sociedade. E este movimento continua rumando para a guerra, seja envolvendo Estados e equipamentos militares, seja ela interna, dentro da sociedade civil. Praticamente toda a vida moderna, ou pós-moderna, está baseada na aquisição material (que representa *status*) e na ascensão social (que possibilita a aquisição material). Talvez este seja o pesadelo de Tolkien: ver todos os seres humanos se esquecerem de suas características humanas e se entregarem às tentações do poder e da propaganda capitalista.

Como último exercício, vamos acompanhar uma carta de Tolkien a seu filho Christopher, enquanto este servia a RAF:

> Espero que você saia mais uma vez de licença para a África genuína muito em breve. Longe dos "servos menores de Mordor".[1] Sim, penso nos orcs como uma criação tão real quanto qualquer coisa na ficção "realista": suas palavras vigorosas descrevem bem a tribo; apenas na vida real eles estão em ambos os lados, é claro. Pois o "romance" se originou da "alegoria" e suas guerras ainda são produzidas a partir da "guerra interior" da alegoria na qual o bem está de um lado e várias formas de maldade estão no outro. Na vida real (exterior), os homens estão nos dois lados: o que significa

1 Aqui, Tolkien se refere aos russos (soviéticos), que lutavam ao lado dos ingleses e americanos contra o exército nazista.

> uma aliança diversificada de orcs, feras, demônios, homens simples naturalmente honestos e anjos.[2]

Esta carta nos revela que, para Tolkien, a literatura não é o mundo em si, mas uma representação dele, onde a realidade participa de forma ativa. O mal e o bem habitam o mundo real, assim como o fazem na literatura, mas não de forma tão clara quanto nesta. Ou seja, a realidade é muito mais complicada que a literatura, mas é a ficção que pode abrir os olhos dos personagens da vida real.

Porém, como vimos, nem tudo pode ser levado como crítica na literatura de Tolkien, pois, afinal, ele é um autor moderno, e seria muito estranho se fosse totalmente coeso e coerente sempre. Muito embora Tolkien crie uma estrutura de representações em sua literatura que critica a guerra tecnológica sua contemporânea, a propaganda da máquina de guerra e a nova organização da sociedade tecnológica, ele não se mostra totalmente contra a guerra. Para ele, esta é necessária, ela adquire importância na medida em que é só por meio dela que o bem pode vencer o mal. Na verdade, para o autor, a guerra sempre vai existir , pois o mal sempre retorna à Terra, tornando a batalha cíclica, interminável. Mas o importante é nos concentrar aqui sobre uma premissa fundante: não devemos nunca trabalhar com uma fórmula pronta onde uma obra dita de literatura de massa ou parte integrante da indústria cultural não pode carregar crítica. Ou seja, devemos ter a mente aberta para perceber que toda obra artística, sem exceção, se desenvolve e trabalha com elementos de seu tempo e pode carregar uma crítica a este, revelando dinâmicas suprimidas ou novas para o historiador.

---

2 CARPENTER, Humphrey. *The Letters of J.R.R. Tolkien*. Nova York: Houghton Milfin, 2000, p. 84.

É interessante notar que as construções de Tolkien estão em comunicação direta com uma série de outros autores da época, que estão procurando formas de compreender, criticar e prever os impactos da tecnologia moderna na sociedade contemporânea. Porém, em nenhum momento conseguimos identificar uma relação de nosso autor com estes outros autores, nem mesmo uma citação, o que torna o problema mais complexo. Apesar de conseguir identificar uma aproximação, não podemos afirmá-la de forma contundente, pois não temos elementos suficientes para isso.

Mas o que nos garante também que Tolkien não leu obras como as de Huxley ou Orwell e não se identificou com elas? Existe a possibilidade de ele as ter lido, sem tê-las comentado por carta com ninguém. Enfim, este pequeno mistério permanecerá sem solução. A não ser que tomemos o caminho mais curto, mais simples, porém não tão real, de dizer que, se não há registro destas leituras, então elas não foram feitas.

Trabalhamos com todas as possíveis imbricações entre história e literatura, mas gostaríamos de deixar claro que, apesar de Tolkien operar com uma diferenciação entre realidade e ficção, entre real e imaginário, não assumimos que história seja o real e literatura o imaginário. Como pudemos perceber, a história é uma interpretação da realidade, o que pode muito variar – e varia – de acordo com quem vê a realidade.

Por fim, gostaríamos de propor uma breve discussão final sobre a possível contribuição deste trabalho para o debate sobre tecnologia e modernidade. Como vimos, o grande avanço na interpretação da obra de Tolkien é perceber a presença da crítica à máquina. Não se trata de uma crítica puramente ou diretamente à máquina, mas sim ao que ela representa enquanto manifestação mais evidente e poderosa da modernidade daquele momento específico e das políticas de modernização. O que procuramos evidenciar neste trabalho, além da já citada contribuição das obras literárias e artísticas para os estudos sociais, é que o estudo sobre as relações, interpretações e os efeitos da tecnologia na sociedade e na cultura do século XX ainda é pouco desenvolvido.

Quando adentramos neste debate, percebemos que, na maioria das vezes, a tecnologia ou a máquina é estudada de forma isolada, sem que se atente para seu processo produtivo, para as dinâmicas sociais, políticas e econômicas envolvidas ou para o que a tecnologia representa na sociedade. Diversas formas de representação, diversos discursos e muitos elementos de propaganda são incorporados na máquina, criando a tão trabalhada tentação, elemento fortíssimo para Tolkien.

Estes efeitos ainda são compreendidos e interpretados de forma superficial, face ao grande número de avanços tecnológicos vistos e aos poucos estudos que buscam um entendimento mais profundo da relação homem e máquina, ou sociedade e tecnologia. Raymond Williams[3] chama nossa atenção para a forma como encaramos a tecnologia e seus avanços (que são vistos ou percebidos pela maioria das pessoas quando um produto novo é lançado no mercado). Como já exploramos anteriormente, a análise da tecnologia, de suas representações, de seus efeitos, usos e relações ainda é incipiente, pois o histórico das formas de investigação desta foi ditado pelo determinismo tecnológico e por uma particular forma de entender a tecnologia em seu produto final.

Portanto, podemos concluir que o estudo sobre as representações e efeitos da tecnologia na modernidade ainda tem longo caminho pela frente e esperamos ter conseguido contribuir com um pequeno passo no sentido de estabelecer-se um entendimento mais profundo e completo sobre os complexos efeitos e dinâmicas que envolvem as máquinas e seus avanços no processo histórico da modernidade.

---

3 WILLIAMS, Raymond. *Politics of modernism*. Londres: Verso Books, 2007.

Fontes e Bibliografia

Fontes

A) Impressas

TOLKIEN. J. R. R. *The Lord of the Rings Trilogy – The Fellowship of the Ring; The Two Towers; The Return of the King*. Londres: Harper Tolkien, 2001.

______. *O Senhor dos Anéis*, vol. I – *A Sociedade do Anel*. São Paulo: Martins Fontes, 1999.

______. *O Senhor dos Anéis*, vol. II – *As Duas Torres*. São Paulo: Martins Fontes, 1999.

______. *O Senhor dos Anéis*, vol. III – *O retorno do rei*. São Paulo: Martins Fontes, 1999.

CARPENTER, Humphrey. *The letters of J. R. R. Tolkien*. Nova York: Houghton Milfin, 2000.

______. *Cartas de J.R.R. Tolkien*. Curitiba: Arte e Letra Editora, 2006.

b) Imagéticas

Il. color. 1. CUNDALL, Charles Ernest. *Stirling Bomber Aircraft: Take-off at sunset*. 1942. Pintura. Documento IWM ART LD 1849, Arquivo do Imperial War Museum, Londres.

Il. color. 2. RAVILIOUS, Eric. *HMS Glorious in the Arctic*. 1940. Pintura. Documento IWM ART LD 283, Arquivo do Imperial War Museum, Londres.

Il. color. 3. CUNDALL, Charles Ernest. *Our Mechanised Army: Tanks in action*. Ministry of Information poster. 1940-42. Pintura. Documento IWM ART LD 15, Arquivo do Imperial War Museum, Londres.

Referências Bibliográficas

ADORNO, T. W. & HORKHEIMER, M. *Indústria cultural e sociedade*. São Paulo: Paz e Terra, 2002.

______. *Dialética do esclarecimento*. Rio de Janeiro: Zahar, 1985.

BACCEGA, Maria Aparecida. *Palavra e discurso*. São Paulo: Ática, 1995.

BAKHTIN, Mikhail. *Questões de literatura e estética*. São Paulo: Hucitec, 2010.

BENJAMIN, Walter. *Obras escolhidas*. Vol. I. São Paulo: Brasiliense, 1987.

______. *Obras escolhidas*. Vol. II. São Paulo: Brasiliense, 1999.

______. *Obras escolhidas*. Vol. III. São Paulo: Brasiliense, 1995.

BAUDELAIRE, Charles. *O pintor da vida moderna*. Belo Horizonte: Autêntica, 2010.

BLOCH, Marc. *A estranha derrota*. Rio de Janeiro: Zahar, 2011.

BOLLE, Willi. *Fisiognomia da metrópole moderna*. São Paulo: Edusp, 2000.

BOSI, Alfredo. *Literatura como resistência*. São Paulo: Companhia das Letras, 2002.

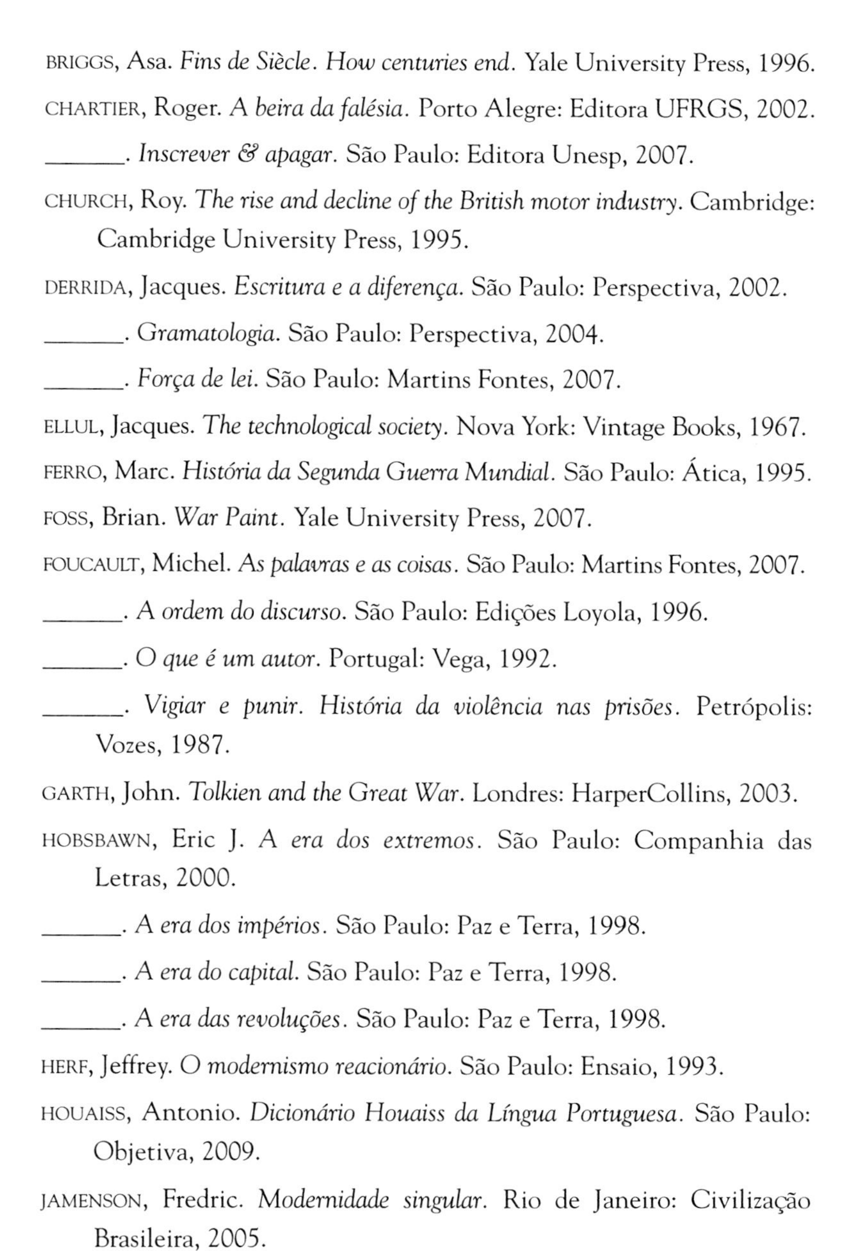

BRIGGS, Asa. *Fins de Siècle. How centuries end*. Yale University Press, 1996.

CHARTIER, Roger. *A beira da falésia*. Porto Alegre: Editora UFRGS, 2002.

______. *Inscrever & apagar*. São Paulo: Editora Unesp, 2007.

CHURCH, Roy. *The rise and decline of the British motor industry*. Cambridge: Cambridge University Press, 1995.

DERRIDA, Jacques. *Escritura e a diferença*. São Paulo: Perspectiva, 2002.

______. *Gramatologia*. São Paulo: Perspectiva, 2004.

______. *Força de lei*. São Paulo: Martins Fontes, 2007.

ELLUL, Jacques. *The technological society*. Nova York: Vintage Books, 1967.

FERRO, Marc. *História da Segunda Guerra Mundial*. São Paulo: Ática, 1995.

FOSS, Brian. *War Paint*. Yale University Press, 2007.

FOUCAULT, Michel. *As palavras e as coisas*. São Paulo: Martins Fontes, 2007.

______. *A ordem do discurso*. São Paulo: Edições Loyola, 1996.

______. *O que é um autor*. Portugal: Vega, 1992.

______. *Vigiar e punir. História da violência nas prisões*. Petrópolis: Vozes, 1987.

GARTH, John. *Tolkien and the Great War*. Londres: HarperCollins, 2003.

HOBSBAWN, Eric J. *A era dos extremos*. São Paulo: Companhia das Letras, 2000.

______. *A era dos impérios*. São Paulo: Paz e Terra, 1998.

______. *A era do capital*. São Paulo: Paz e Terra, 1998.

______. *A era das revoluções*. São Paulo: Paz e Terra, 1998.

HERF, Jeffrey. *O modernismo reacionário*. São Paulo: Ensaio, 1993.

HOUAISS, Antonio. *Dicionário Houaiss da Língua Portuguesa*. São Paulo: Objetiva, 2009.

JAMENSON, Fredric. *Modernidade singular*. Rio de Janeiro: Civilização Brasileira, 2005.

JOHNSON, Steven. *Emergência*. Rio de Janeiro: Zahar, 2004.

______. *Cultura da interface*. Rio de Janeiro: Zahar, 2001.

JONES, Steven E. *Against technology*. Nova York: Routledge, 2006.

KEEGAN, John. *Inteligência na guerra*. São Paulo: Companhia das Letras, 2006.

______. *The Second World War*. USA: Penguin USA, 2005.

KYRMSE, Ronaldo. *Explicando Tolkien*. São Paulo: Martins Fontes, 2003.

LEGOFF, Jacques; NORA, Pierre. *História: novos objetos*. Rio de Janeiro: Berleu Edições, 1976.

LEVY, Pierre. *Tecnologias da inteligência*. São Paulo: Editora 34, 1995.

LUCKAS, John. *O duelo: Churchill x Hitler*. Rio de Janeiro: Zahar, 2002.

______. *A teoria do romance*. São Paulo: Editora 34, 2000.

MOWATT. *The Nibelungenlied*. Dover Thrift Editions. 1999 [Anônimo. *A Canção dos Nibelungos*. São Paulo: Martins Fontes, 2001].

PINSKY, Carla Bassanezi & LUCA, Tania Regina de (orgs.). *O historiador e suas fontes*. São Paulo: Contexto, 2010.

RICOEUR, Paul. *Tempo e narrativa*. Campinas: Papirus, 1994.

SAID, Edward W. *Cultura e imperialismo*. São Paulo: Companhia das Letras, 2005.

SALIBA, Elias Thomé. *Utopias românticas*. São Paulo: Estação Liberdade, 2003.

SARLO, Beatriz. *Paisagens imaginárias*. São Paulo: Edusp, 2004.

SEVCENKO, Nicolau. *Orfeu extático na metrópole*. São Paulo: Companhia das Letras, 1992.

SONTAG, Susan. *Sobre fotografia*. São Paulo. Companhia das Letras, 2004.

STIVERS, Richard. *Technology as magic*. Nova York: Continuum, 2001.

THOMPSON, E. P. *Senhores e caçadores*. São Paulo: Paz e Terra, 1997.

TOLKIEN, J. R. R. *O hobbit*. São Paulo: Martins Fontes, 1998.

______.*Sobre histórias de fadas*. São Paulo: Conrad do Brasil, 2006.

______. *The Tolkien Reader*. Nova York: Ballantine Books, 1966.

VIRILIO, Paul. *Arte do motor*. São Paulo: Estação Liberdade, 1996.

______. *A bomba informática*. São Paulo: Estação Liberdade, 1999.

______. *Guerra e cinema*. São Paulo: Boitempo, 2005.

WILLIAMS, Raymond. "A fração Bloomsbury". *Plural*, revista do Curso de Pós-Graduação em Sociologia da USP, São Paulo, n. 6, 1° semestre de 1999.

______. *Culture and materialism*. Londres: Verso Books. 2005.

______. *O campo e a cidade*. São Paulo: Companhia das Letras, 1989.

______. *Politics of modernism*. Nova York: Verso Books, 2009.

______. *Television*. Nova York: Routledge, 2003.

______. *Cultura*. São Paulo: Paz e Terra, 2008.

WEINREICH, Frank & HONEGGER, Thomas. *Tolkien and Modernity*. Vol. I. Londres: Walking Tree Publishers, 2006.

______. *Tolkien and Modernity. Vol. II*. Londres: Walking Tree Publishers, 2006.

WHITE, Michael. *Tolkien: uma biografia*. Rio de Janeiro: Imago, 2002.

Agradecimentos

Gostaria de listar aqui algumas pessoas que foram especialmente importantes para que eu pudesse chegar onde cheguei e realizar este sonho: publicar meu estudo sobre Tolkien.

Este livro teve seu início há mais de 10 anos, quando li pela segunda vez a trilogia O *Senhor dos Anéis*, já durante a graduação de História. De lá pra cá tive muita sorte, além de muito trabalho, por encontrar pessoas que me apoiaram e foram essenciais para a constituição deste livro.

Primeiramente agradeço à minha mãe pela força e apoio dados durante toda a minha trajetória, desde sempre, sem questionar ou duvidar de nada. Muito obrigado mesmo. Um agradecimento especial à minha esposa, Karen Abe, pelo carinho, apoio, esforço, dedicação e compreensão, sendo sempre a melhor parceira possível.

Outra pessoa muito importante foi minha orientadora e professora, Yvone Dias Avelino, que acreditou em meu trabalho, dando-me a chance de desenvolvê-lo, desde a iniciação científica até o mestrado, sempre oferecendo seu apoio, dedicação e empenho.

O professor e pós-doutor Marcelo Flório foi uma das primeiras pessoas a acreditar no potencial do estudo, que eu ainda meramente vislumbrava, assim como o professor Alex, que fez ótimas observações durante a avaliação de minha pesquisa de mestrado. Já no mestrado, tive amigos e companheiros que sempre me ajudaram muito, com ouvidos atentos e mentes engajadas, realizando apontamentos e críticas que tornaram este trabalho muito mais rico.

Agradeço também à Mirian Paglia, pela revisão atenciosa e pela amizade de sempre.

Gostaria de agradecer também ao meu professor de História no colégio, Henrique Vailati. Sem ele, não teria começado esta trilha.

Um agradecimento especial devo também à Alameda Casa Editorial, por acreditar na publicação deste trabalho e realizar uma belíssima edição.

Agradeço muito ao CNPq pela bolsa-auxílio e incentivo durante o mestrado e à Fapesp pelo incentivo a esta publicação. Tentei agradecer a todas as pessoas que foram importantes para mim e que me auxiliaram, se esqueci de alguém, por favor, me perdoe.

Esta obra foi impressa em São Paulo no outono de 2013. No texto foi utilizada a fonte Goudy em corpo 10.5 e entrelinha de 15.75 pontos.